Bibliografische Information der Deutschen Nationalbibliothek:
Die Deutsche Nationalbibliothek verzeichnet diese Publikation in der Deutschen Nationalbibliografie; detaillierte bibliografische Daten sind im Internet über http://dnb.d-nb.de abrufbar.

Umschlaggestaltung: Richard Q. H. Beilmann
Verlag: BoD – Books on Demand, Norderstedt
ISBN 978-3-7481-1544-1

Dr. Bernd Kaufmann

Weg zum Heil

Rückkehr zu den eigenen Wurzeln
Gedanken eines Hausarztes

INHALT

VORWORT

Nach nunmehr 25-jähriger Arbeit in einer hausärztlichen Gemeinschaftspraxis in Krefeld, nach der Auseinandersetzung mit der chinesischen Medizin, nach mancher Auseinandersetzung mit den spirituellen Grundlagen unserer Kultur sowie der chinesischen Kultur, trete ich mit diesem Büchlein an die größere Öffentlichkeit, weil ich das Bedürfnis habe, meine Gedanken und Informationen einem weiteren Kreis von Menschen zugänglich zu machen. Es gibt auf diesem Gebiet schon eine Menge guter Literatur, doch ist manchmal die praktische Umsetzung in das Leben für viele Menschen nicht nachvollziehbar. In der hausärztlichen Praxis komme ich mit dem weitesten Spektrum menschlichen Lebens in Berührung, das ich mir vorstellen kann. Das ist auch ein Grund, weswegen ich diesen Beruf angestrebt habe. Hier geht es um die banale Erkältung, die Hämorrhoiden, den Fußpilz, die nervige Mutter, den Streit mit dem Nachbarn, mit Schlaflosigkeit, das ewige Sodbrennen, bis zur Sterbebegleitung, usw. In der Anfangszeit habe ich häufig die Situation erlebt, dass, wenn ich gefragt wurde, woher denn die Erkrankung kommt, ich oft mit den Schultern gezuckt habe. Wir Ärzte haben oft den sog. Pathomechanismus vor Augen, mit dem wir dem Patienten sozusagen erklären, wie seine Symptome entstehen. Aber, den Mechanismus zu wissen heißt noch nicht, die Wurzel der Erkrankung in der eigenen Persönlichkeit, in seinem Leben zu sehen. (Medizinisch: Über Pathogenese sprechen heißt, zu beschreiben, wie eine Erkrankung sich entwickelt. In der Ätiologie wird über den Impuls gesprochen, was der auslösende Punkt ist, der eine Erkrankung entstehen lässt). Natürlich sind es die eigenen Erlebnisse, auch mit eigener Erkrankung, die mir mehr als jedes Buch den Blick geöffnet haben für das, wie das Leben geht. Und hier ist vielleicht das Besondere, das ich im hausärztlichen Zusammenhang zeigen will. Über die chinesische Medizin habe ich gelernt, Krankheitssymptome besser zu deuten. Der Körper drückt etwas von meinem Leben aus. Und da haben die alten Chinesen über hervorragende Beobachtungen der Zusammenhänge, nicht nur im menschlichen Körper, viel dazu beigetragen, hier zu einem besseren Verständnis, ergo auch zu einer Handlungsanweisung daraus zu kommen. So wie es in der Hausarztpraxis um die Basis geht, um den großen Bogen, so wie ich aus vielen Teilen der Medizin praktisch arbeite, ich den Fachkollegen die speziellen Fragen überlasse, so geht es auch hier um praktische Ausführungen. Für alle Themen gibt es auch die Experten. Ich bin es nicht und verweise deshalb an den entsprechenden Teilen auf die Fachliteratur. Dennoch habe ich mich sehr mit solchen Fragen beschäftigt. Durch einen Bruch in meinem Leben im Jahr 2001, der Trennung von meiner Frau, außerdem durch viel zu viel Arbeit kam ich bezüglich meines Lebens ins Trudeln, und es begann eine fortlaufende intensivere Beschäftigung mit meinem Weg, mit der Frage, wer ich bin, was ich will bzw. was mein Weg ist. Ich habe verschiedene Psychotherapeuten konsultiert. Über das Lernen von chinesischer Medizin inklusive der Psychotherapie nach der TCM, über das Erlernen psychotherapeutischer Techniken bis zum Erlernen schamanischen Reisens habe ich vielfältige Aspekte des geistig-materiellen Daseins kennengelernt. Ich meine, nicht jeder Mensch muss so weitläufige Erfahrungsfelder betreten. Aber, dass wir uns irgendwann um das kümmern sollten, wer wir wirklich sind und was wir wirklich wollen, halte ich für unabdingbar. Meine Ausführungen sind subjektiv, und das sollen sie auch sein. Ich habe mich verabschiedet von der Objektivität, von der einzigen Wahrheit. Denn mein Leben, meine Art, die Dinge zu sehen und zu fühlen, sind einzigartig. Kein Leben gleicht dem anderen. Wir kennen es alle nur zu gut, wenn wir von demselben Ereignis berichten, die Schilderung aber um Nuancen bis hin zu deutlichen Abweichungen voneinander verschieden sind. Und dennoch, neben der Vielfalt gibt es Leitlinien/ Strukturen im Leben. Hier habe ich viel über die chinesische Sicht des Lebens gelernt, um dann im Grunde auch die Worte der Bibel besser zu begreifen. Insofern sind für mich die Bibel aus unserem Kulturkreis, das I Ging und das Tao-te-King aus dem chinesischen Kulturkreis herausragende Begleiter in meinem Leben geworden. Wenn es in meinen Ausführungen um die Frage nach der Deutung/ Bedeutung von Krankheiten geht, so sind notwendig auch die Fragen nach dem Sinn, nach dem Geistigen, nach der Spiritualität zu stellen.

Dezember 2018

Dr. Bernd Kaufmann

.

MEDIZIN ALLGEMEIN

In der Entwicklung der Medizinsysteme auf der Welt gibt es sehr unterschiedliche Strömungen. Im Zuge des internationalen Austausches, der besonders seit dem 19. Jahrhundert intensiver stattfindet, gibt es zunehmend Anregungen und Arbeiten, die uns mit einem anderem Denken konfrontieren und unsere Sichtweise des Lebens, der Medizin erweitern. Beschäftigen wir uns in Europa seit dem Mittelalter vorwiegend mit dem materiellen, physikalischen, chemischen Substrat, ist die Entwicklung besonders in China mehr der Wirkung, der Funktion gewidmet. In unserer Medizin ist es wichtig, über eine Messung, über eine stoffliche Untersuchung zu einer Diagnose zu kommen. Laboruntersuchungen, Röntgenuntersuchungen, feingewebliche Untersuchungen, Ultraschall, Computertomografie, immer ausgefeiltere Darstellungen des menschlichen Körpers werden zusammengeführt, um entsprechende therapeutische Wege einzuschlagen. In der hausärztlichen Praxis jedoch verhält es sich so, dass der größte Teil der Erkrankungen nicht messbar und darstellbar sind. Die Zahlen gehen von 70-98 %. Wie jedoch gehen wir mit diesem Umstand um? Besonders für die hausärztliche Praxis heißt es nicht umsonst, dass es sich hier um eine Erfahrungsmedizin handelt, die sich wissenschaftlicher Methoden bedient. In diesem Feld erlebe ich häufig die Situation, dass durchaus schwerwiegende Beeinträchtigungen des Patienten kein organisches Korrelat haben. In Krankenhäusern, aber auch in Praxen entstehen manchmal die unglaublichen Situationen dem Patienten mitzuteilen, dass er eigentlich gesund ist und dass er dann nach Hause geschickt wird. Es handelt sich manch-

Medizin allgemein

mal um die Hilflosigkeit, mit diesen funktionellen Beschwerden angemessen umzugehen. Aber unser Studium bietet hier nur begrenzte Möglichkeiten. Anders in der chinesischen Medizin. Hier werden nicht die Befunde, sondern das Befinden des Patienten untersucht. Die Befindlichkeiten innerhalb in ihrer Hierarchisierung werden im Zusammenhang mit der Zungen- und Pulsdiagnostik bewertet, eingeordnet. Man kann sich das vielleicht folgendermaßen an einem Beispiel vorstellen. Im Konflikt eines Patienten mit seiner Mutter kommt es immer wieder zu Gefühlen von Unzufriedenheit und Zorn. Aus dem Kontext der Erziehung, der Moral, wird es dem Patienten nicht erlaubt, bzw. erlaubt er es sich nicht selbst, diese Gefühle zu artikulieren. Da sie aber doch da sind, werden sie quasi im Körper gestaucht/festgehalten. Eine Spannung baut sich auf, die irgendwann in Druckgefühlen, in Schmerzen sich bemerkbar macht. Sei es, dass sich hier ein hoher Blutdruck entwickelt, Kopfschmerzen, Schmerzen im rechten Oberbauch. Der frühe Beginn der Symptome geht natürlich auch mit einer Veränderung von Hormonen (Adrenalin, Cortison,) einher. Die Veränderungen sind in dieser Situation jedoch nicht wirklich messbar. Mit dem hohen Blutdruck jedoch haben wir eine Möglichkeit, die vegetative Spannung abzugreifen. Dabei handelt es sich nur um einen Ausdruck von Spannung im Körper. Wenn diese Situation über Jahre weitergeht, entstehen Veränderungen der Blutgefäße, Störungen der Zirkulation in den Endstromgebieten bis hin zum Herzinfarkt, Schlaganfall, zur Durchblutungsstörung der Beine. Besonders was den oben genannten Stress anbetrifft, kann es durchaus sein, dass es in der Stauchung der Energien zu Gallensteinen kommt. In einer wissenschaftlichen Untersuchung wäre auch hier ein Stressstoffwechsel diagnostizierbar. In unserer Kassenmedizin ist es auch einfacher, ein Medikament zu verordnen, als den mühsamen Weg zu seinen eigenen Quellen zu gehen. Aber davon später mehr. Um es noch mal anders auszudrücken: Ab wann beginnt eigentlich eine Krankheit? Am besten ist es vielleicht folgendermaßen auszudrücken: Auf einer Skala von null, gleich vollständige Gesundheit/ Beschwerdefreiheit bis hin zu zehn gleich schwerste Erkrankung/vor dem Tod, können wir unterschiedlich unseren Grad von Gesundheit/ Krankheit einordnen. Man kann es auch als ein Gesundheit-Krankheit-Kontinuum bezeichnen. Ein leichter Kopfschmerz zum Beispiel ist an sich harmlos, macht keine große Beeinträchtigung und würde mit 1-2 skaliert. Ebenso ein Brustschmerz nach einer Quetschung. Aber dieselben Erkrankungen können auch größere Beschwerden machen, sodass zum Beispiel aus einem Kopfschmerz bis zum Extremfall eines Clusterkopfschmerzes eine 8-9 anzugeben ist. Mit diesen Ausführungen befinden wir uns auf der Befindensebene. Das ist von außen betrachtet pragmatisch und sinnvoll. Wenn wir nun eine Stufe weiter gehen, ergibt sich die Frage, warum erscheint eigentlich der Kopfschmerz im Leben eines Menschen? Was ist das Substrat dieses Schmerzes? Wenn wir Messungen machen (Bildgebend oder analytisch im Labor) laufen wir diesem Phänomen im Grunde hinterher. Denn es ist ja schon etwas passiert, und diese Auswirkungen werden messbar (oder auch nicht). Aber die Zeit davor, bis zum Entstehen des Schmerzes, bleibt unklar. Und wir kommen nicht umhin zu überlegen, dass davor etwas ist, was auf jeden Fall etwas mit uns zu tun hat. Einige oder viele Ereignisse sind sicherlich plausibel und sofort nachvollziehbar. Um bei den Kopfschmerzen zu bleiben: Viel Stress (zum Beispiel vor einem Examen) kann sicherlich zu Kopfschmerzen führen, muss es aber nicht. Ich höre manchmal Patienten sagen: „Immer wenn ich dem Chef begegne, bekomme ich Bauchschmerzen". Was ich damit sagen will: Vor den Befindensstörungen sind Ereignisse geschehen, die uns in unserem Leben aus der Bahn werfen. Die entweder von außen etwas mit uns machen, oder von innen aus unserer Gedankenwelt "störend" in unser Leben eingreifen. Und dann ergibt sich folgerichtig die Frage, wie wir mit diesen Dingen umgehen. In unserer Kultur haben wir zunächst den Reflex, dass störende Symptome mit Medikamenten o.ä. behandelt werden. Und leider erlebe ich häufig, dass dieser Reflex auch bei gehäuftem Auftreten von Symptomen nicht wirklich hinterfragt wird. Wenn wir uns noch einmal die Skala von 0-10 vorstellen, dann ist festzuhalten, dass auf der linken Seite der Skala (0-5) ja keine Befunde zu erwarten sind, dass eine Erkrankung jedoch schon im Befinden da ist. Auf der rechten Seite der Skala (6-10), sind organische Befunde zu erwarten, die dann entsprechend den schuldmedizinischen Leitlinien behandelt werden. Noch ein anderer Aspekt: Natürlich möchten wir keine Beschwerden haben, wir möchten keine Schmerzen haben. Und eigentlich wünschen wir uns paradiesische Zustände, wo wir alles tun und lassen können, was wir wollen. Aber im Grunde sind Symptome, Befindensstörungen Korrektive, die uns darauf hinweisen wollen, dass etwas nicht stimmt, um es allgemein zu sagen. Wir sind Teil der Natur und nicht über ihr. Insofern werden wir bei Verletzung von Naturregeln (innerlich und äußerlich) körperlich darauf hingewiesen, dass es so nicht weitergehen sollte. Die Kunst, hier frühzeitige Zusammenhänge herzustellen, wäre eine wirkliche Präventivmedizin.

WESTLICHE MEDIZIN

Unsere Medizin können wir im wesentlichen in folgende Bereiche einteilen:

1. Chirurgie

Da ist die konkrete Handlung am Menschen mit chirurgischen Maßnahmen, die zerstörte Gewebe entfernen, gebrochene Knochen behandeln und so quasi Reparaturen sind. Dabei geht es zum einen um Unfallfolgen oder Geschwülste sind gewachsen, die entfernt werden müssen (sei es mit dem Skalpell oder mittels Bestrahlung). Ersatz von Organen, Reparatur von Blutadern, Reparatur von Unfallfolgen usw.

2. Innere Medizin

Der Bereich der inneren Medizin mit der Behandlung von Erkrankungen, die Unwohlsein/Schmerzen hervorrufen, und die mittels bestimmter diagnostischer Verfahren abgegrenzt werden können und den pathophysiologischen Mechanismen entsprechend behandelt werden. Wir schauen zunächst hin, ordnen die Symptome durch Messungen ein, machen eine Analyse des Körpers, der Körperflüssigkeiten. Möglicherweise gibt es Veränderungen im Blut. Durch bildgebende Verfahren werden makroskopische Veränderungen (mit normalem Auge sichtbar) oder mikroskopische Veränderungen (im

Feinbereich der Zellstrukturen) diagnostiziert. Wir haben Informationen über die Zusammensetzung der Gewebe, des Blutes und können bei Veränderungen feststellen, was fehlt. Über das Studium der Zusammenhänge werden auch Mechanismen dargestellt, wie solche Veränderungen entstehen können. Durch wesentlich analytisch-empirische Untersuchungen finden wir heraus, welche Substanzen bei welchen Erkrankungen eingesetzt werden können

3. Psychologie/Nervenheilkunde

Hier ist der Bereich der psychischen Erkrankungen, die aus Entwicklungen zunächst der tiefenpsychologischen Medizin nach Freud hervorgegangen sind und heute vielfältige Zweige und Schulen haben. Dieser Teil der Medizin arbeitet wesentlich mit dem, was wir als psychische Erkrankungen erkennen. So wie ich aus meinem Bereich erkennen kann, dass es Bemühungen gibt, in Einheit um den Patienten ein Netzwerk von Therapieansätzen zusammenzuführen, so bekomme ich doch immer wieder mit, dass somatische (körperliche) Medizin und Psychologie oft eher nebeneinander laufen. Ich erlebe, dass Patienten mit psychotischen Erkrankungen (z.B. Schizophrenie) primär kaum psychotherapeutisch behandelt werden, sondern eher einer medikamentösen Therapie zugeführt werden. Es entstehen auch hier immer spezialisiertere Richtungen, entsprechend spezialisiertere Ausbildungswege und entsprechende Qualifikationen.

4. Hausarztmedizin

Die hausärztliche Medizin, die im Grunde diese Bereiche vereint und darüber noch hinausgeht, indem der größte Teil der Erkrankungen Befindensstörungen sind, die ja ohne wesentlichen „wissenschaftlichen" Grund aus der Erfahrung heraus geschaut und entschieden werden. Das hausärztliche Arbeiten versteht sich als eine Erfahrungsmedizin, die sich wissenschaftlicher Methoden bedient. Wir erleben oft, dass unsere „wissenschaftlichen Methoden" nicht das Wesen und Verstehen von Menschen mit ihren Symptomen erfassen kann. Hier ist oft eine intuitive Haltung gefragt, dem Menschen mit seinen Symptomen zu begegnen.

Ich denke, dass es hier keine wesentlichen weiteren Erläuterungen braucht. Mit der Entwicklung der technischen, physikalischen Kultur hat sich entsprechend eine den Körper auch technisch betrachtende Medizin entwickelt. Natürlich gibt es auch Entwicklungen wie zum Beispiel die Homöopathie, die durch Samuel Hahnemann entwickelt wurde. Auch andere Strömungen wie zum Beispiel die Akupunktur gab es im Mittelalter in Europa. Aber als ketzerisch verschrien, ist sie wieder verschwunden. Die Hauptentwicklung in unserer Kultur liegt in einer technisierten Medizin. Das ist ja durchaus in Ordnung, aber wenn man es nur so sieht, dann wird es einseitig.

Zum Beispiel beim hohen Blutdruck wissen wir, dass es als „Gründe" für diesen im Grunde nur eine Nierenarterienstenose und Hormonveränderungen gibt. Die gibt es dann in nur 5 % oder weniger aller Fälle. Die weit überwiegende Zahl der Fälle ist „essentiell", d.h. nicht konkreten Veränderungen des Körpers zuzuordnen. Es wurden verschiedene Mechanismen herausgefunden, wie Kalium Natriumkanäle im Zellstoffwechsel, wie der hormonelle/physiologische Ablauf der Blutdruckregulation ist und an welchen Stellen Abläufe blockiert/moduliert werden können, damit der Blutdruck sinkt. So gibt es verschiedene Medikamente, die eingesetzt werden können, um wie hier den Blutdruck zu senken. Neben einer Erforschung der biochemischen/physikalischen Eigenschaften von Substanzen werden diese dann in festgeschriebenen Studien erprobt. Hier geht es dann um statistische Aussagen, ob prozentual eine gute Wirksamkeit der Medikamente nachgewiesen werden kann, welche Nebenwirkungen in welcher Häufigkeit berichtet werden. Ein mehrstufiges Verfahren führt dann letztlich zur Zulassung. Wie aus dem Gesagten schon ersichtlich ist, geht es darum, Medikamente bzw. Therapieverfahren zu entwickeln, die bei möglichst vielen Menschen eine Wirkung erzielen. So gibt es durchaus eine große Zahl von Verfahren, die eine eindeutige Wirkung erreichen: Viele Medikamente haben eindeutige Wirkungen, die bei den allermeisten Patienten so wirken wie es vorauszusehen ist. Aber, wie ich aus meiner hausärztlichen Praxis sehen kann, gibt es auch hier durchaus paradoxe Wirkungen (so dass z.B. Medikamente zur Beruhigung wie Valium/Diazepam dann doch einen Menschen erregen. Blutdruckmedikamente müssen häufiger ausgewechselt werden, weil sie entweder nicht die gewünschten Wirkungen erzielen oder die Nebenwirkungen ein weiteres Einnehmen der Medikamente nicht möglich machen. Es betrifft genauso auch den Bereich der die Nerven beeinflussenden Medikamente. Diese Erkenntnis betrifft im Grunde die meisten Therapien.

Woher kommt das? Der Aufbau und die Funktion des menschlichen Körpers ist überaus kompliziert. Menschen reagieren anders, weil sie einfach anders sind. Ein bekanntes Beispiel: Ein Patient kann essen wie ein Scheunendrescher und er nimmt nicht zu, ein anderer dagegen braucht die Nahrung nur anzuschauen, und hat direkt ein Kilo mehr drauf. Natürlich ist der Satz so übertrieben, aber die Aussage bleibt, dass die Stoffwechselgeschwindigkeit, mit der die Nahrung umgesetzt wird, unterschiedlich ist. Unendlich viele biochemische Prozesse der Aufnahme, der Veränderung, des Abbaus sind einfach individuell verschieden.

Ein wichtiges Thema ist zum Beispiel das der Antibiotika. 1929 von Dr. Fleming gefunden, fand es im 2. Weltkrieg seine erste kommerzielle Verwendung. Die Entwicklung führte in rasanter Geschwindigkeit zu immer mehr verschiedenen Formen der Antibiotika. Die Euphorie, endlich die Infektionskrankheiten chemotherapeutisch zu besiegen, wich und weicht immer mehr der Erkenntnis, dass Gegenentwicklungen in Form von Antibiotikaresistenzen dieser Idee

Grenzen setzen bzw. an manchen Punkten sogar in ihr Gegenteil umschlagen. So bekommen immer mehr Patienten, die in einem Krankenhaus wegen nicht-infektiöser Erkrankungen behandelt werden, immer mehr Übertragungen von Keimen mit Antibiotikaresistenzen. Der bekannteste Keim ist der methicillin-resistente Staphylokokkus aureus (MRSA). (16) Und die Entwicklung geht weiter. Wie kommt das zustande? In der Sorglosigkeit im Umgang mit nicht nur diesen Substanzen werden in der Behandlung von Erkrankungen und in der Landwirtschaft in Mastbetrieben riesige Mengen von Antibiotika und Hormonen eingesetzt. Warum? Tiere in Großmastbetrieben leben so nah beieinander, bar jeder Natürlichkeit, so dass Infektionen im Nu einen erheblichen wirtschaftlichen Schaden verursachen würden. Also wird prophylaktisch alles getan, um deutlich Schaden zu verhindern. Zuchtlachse in norwegischen Fjorden bekommen aus demselben Grund erhebliche Mengen Antibiotika zugeführt. Der Kampf gegen Keime, die dem Getreide zusetzen, wird von der Industrie unterstützt, gefördert. Und für die Industrie gilt, je mehr verkauft wird, je mehr Abhängigkeit erzeugt wird, umso mehr Gewinn wird daraus gezogen. Bakterien sind im Grunde unsere Vorfahren. Lange bevor der Mensch entstand, entwickelten sie sich durch eine differenzierte Evolution. Völlig normal wie bei jedem anderen Lebewesen entwickelten sich Überlebensstrategien. Auf Veränderungen ihrer Umgebung können Bakterien in schnellem Tempo reagieren. Ein Generationenwechsel kann alle 20 Minuten entstehen! Eine Generation beim Menschen entsteht alle 20-25 Jahre. Insofern ist auch schnell nachzuvollziehen, dass enzymatische, mutatorische Veränderungen sich sehr schnell an die neuen Gegebenheiten anpassen, so dass sie unter den neuen Bedingungen weiterleben können. Also: viele Antibiotika – viele Resistenzen. Es ist ja grade so, dass aktuell im Raum unserer Kassenärztlichen Vereinigung Nordrhein eine Kampagne gestartet wird, nicht zu sorglos Antibiotika zu verschreiben. Und wie sieht die Wirklichkeit aus? Wie sehe ich sie selbst? Ich bin Hausarzt. Patienten kommen in die Praxis, wenn „sonst eingesetzte Hausmittel" nicht ausreichend wirken, wenn es zu lange dauert, wenn der Druck groß ist, dass der Patient für die in 4 Tagen gebuchte Flugreise auf jeden Fall wieder fit sein will, oder wenn die Arbeitskraft möglichst bald wieder hergestellt werden muss (möglicher Verlust des Arbeitsplatzes, Druck durch Arbeitsbelastung, Mehrarbeit der Kollegen und vieles andere mehr). Das heißt für mich, wenn ich das als Doktor ernst nehme, muss nun eine stärkere Waffe an den Start, und das ist ja dann im Grunde nur das Antibiotikum. Und wenn einige Kriterien erfüllt sind, dann tue ich das auch. Es ist natürlich auch dem geschuldet, dass ich „Kundschaft" nicht verprellen will und dass meine Praxis für mein wirtschaftliches Dasein wichtig ist. Da gebe ich dem Druck häufiger nach, als ich es eigentlich tun wollte. Auf der einen Seite ist es durchaus richtig, dass die Gesundheit des Patienten sich durch die Gabe eines Antibiotikums verbessert und die Entscheidung damit richtig ist. Manchmal müssen dann doch noch andere Antibiotika eingesetzt werden. Und in anderen Fällen hilft das alles nicht, aber das führt dann zu weiteren Überlegungen, die ich an anderer Stelle ausführlicher behandeln will. Was ich damit sagen will. Es gibt nicht nur die „böse" Pharmaindustrie, die immer nur Gewinn machen will, ich will es ja auch. Ich bin damit ja auch ein Teil des Systems. Ich bin auch ein Teil unserer Kultur. Schon jetzt eine Bemerkung: Wir bewerten die Dinge sehr schnell, und ich sage schon an dieser Stelle, es gibt nicht böse Antibiotika und gute Kräuter. Differenziert eingesetzt hat jedes wunderbare Wirkungen zur Heilung. Und das gilt für alle. Und noch weiter: Es gibt nicht nur böse Bakterien. Sie reagieren „nur". Bakterien im menschlichen Darm sind notwendig für die Synthese von Vitaminen. Ohne Bakterien im Dickdarm könnten wir unsere Verdauung vergessen. Ohne Bakterien/Viren/Pilze auf der Haut hätten wir keinen Schutzmantel, der unsere Abgrenzung zur Umgebung mit gestaltet. Wir atmen Keime ein, und sie tun uns nichts. Und sie werden erst dann „böse"/krankmachend, wenn es die Konstellation der Umstände ihnen erlaubt. Etwa 2 kg unseres Gewichtes sind Mikrobiota (Bakterien, Viren, Eukaryonten...) zuzuordnen.

Nun habe ich über den Weg der Pharmakologie der chinesischen Medizin (Pflanzenheilkunde), jetzt auch zunehmend der Pflanzenheilkunde unserer eigenen europäischen Tradition, Sichtweisen bekommen, die das Phänomen Gesundheit/Krankheit in einem anderen Licht erscheinen lassen. Davon später mehr. Die früher üblichere Kräutertherapie, das Wissen der Kräuterhexen, ist zu einem großen Teil im Volksgut verloren gegangen. Und unsere Medizin tut sich sehr schwer damit. Apothekenrechtliche Auflagen verlangen vom Apotheker ein so hohes Maß an Kontrolle, Qualität, dass es für ihn unwirtschaftlich wird, damit zu handeln. Zu Beginn meiner Rezepturen habe ich mir das mal erklären lassen. Und damit ist eine reelle Möglichkeit von Phytotherapie praktisch kaum möglich. Später werde ich jedoch auch Möglichkeiten aufzeigen, wie jeder einzelne eine praktische Phytotherapie bei sich anwenden kann. So wie wir in der Analyse der Vorgänge ein hohes Maß an Verständnis gewonnen haben, so verlieren wir uns im Dschungel der Erkenntnisse, und verlieren die Übersicht. Es geht manchmal so weit, dass Therapieempfehlungen (Leitlinien) nach einiger Zeit geändert werden müssen, weil man festgestellt hat, dass sie einfach nicht mehr stimmen. Neue Erkenntnisse führen so manchmal zu einem Paradigmenwechsel. Wie sagte vor Kurzem in einer Fortbildungsveranstaltung ein Pulmologe: „Vor 10 Jahren habe ich Ihnen bezüglich dieser Empfehlungen genau das Gegenteil gesagt". Oder Karl Popper: „Erkenntnis ist umstößlich". Und, ist es deshalb falsch, damals so gehandelt zu haben? Nein, denn wir wussten es nicht anders. Dieses weiter fortgedacht heißt aber auch zu wissen, wie relativ heutiges Wissen, heutige Empfehlungen sind. Sie können in weiteren 10 Jahren auch in der Tonne verschwunden sein. Auch, wie oft ist mir in der Praxis bewusst, dass meine Erklärungen eigentlich pseudoakademische Erklärungen sind. Aber es geht auch nicht anders. Patienten wollen und müssen eine gewisse Erklärung haben. Und die wird dann in der Kürze der Zeit auf wenige Sätze heruntergebrochen. Aber mit diesen Erklärungen kann ich manchmal auch jeden Unfug schön erklärt verkaufen. Auf das Thema der Sinnhaftigkeit und Wahrhaftigkeit gehe ich später ein.

Wissenschaftliche Forschungen bringen es so weit, dass heute Fragen der Quantenphysik in Verbindung mit biochemischen Zellstrukturen, mit Hypnose und Selbstheilung unser Verständnis über Zusammenhänge unseres Körpers erheblich weiter bringen. (10). Auch wird die Kraft der Imagination auf unseren Körper erforscht. Dies geht so weit, dass Todesfälle durch entsprechende Vorstellungskraft untersucht werden. Wenn es das gibt, so wird dasselbe auch anzuwenden sein für die Selbstheilung (11). Und so kommen wir in neue Sphären auch über die neuere wissenschaftliche Forschung. Die „Unschärfe" der Atome, damit die Unschärfe allen Lebens (Heisenbergs Unschärfeformel der Atome), und damit bringt es uns auch gedanklich rational an Grenzen, in denen die großen Physiker im Grunde auch vermitteln wollen, wie unfassbar/lebendig das Leben ist. Und da trifft sich die Naturwissenschaft mit philosophischen Gedanken und mit Spiritualität.

CHINESISCHE MEDIZIN

Allgemeine Betrachtungen

Um Akupunktur wirksam einsetzen zu können, muss man zuerst den Geist heilen. (Zitat von Qi Bo, einem Minister des gelben Kaisers Huangdi). Ich setze bewusst dieses Zitat an den Anfang des Kapitels, um gleich am Anfang zu vermitteln, dass chinesische Medizin weit mehr ist als eine Modeakupunktur. Im Gegenteil. Es gibt Hinweise, dass die Akupunktur schon vor 8000 Jahren betrieben wurde. Wenn das so ist, dann muss man annehmen, dass es schon gewisse Vorstellungen von Leitbahnen, von Energiefluss gegeben haben muss. Anders als in unserer Medizin (kausal analytisch (logische Verbindung zwischen zwei am gleichen Ort zu verschiedenen Zeiten gegebenen Wirkpositionen)) definiert die chinesischen Medizin Daten nach dem induktiv synthetischen Erkenntnismodus (logische Verbindung zwischen zwei gleichzeitig an verschiedenen Orten gegebenen Wirkpositionen) (4). Die Chinesen betrachten alle Phänomene als Manifestation eines einigenden Energieprinzips, des Dao. Jede Form und Substanz im Universum ist eine Materialisation von Energie. Die Chinesen beobachteten und dokumentierten die rhythmischen Bewegungen dieser Energie in allen Einzelheiten in den größten und in den winzigsten Strukturen des Universums. Aus diesem Studium leiteten sie die Gesetze der Natur ab. Von allen Manifestationen der Energie im Universum hat einzig der Mensch die Wahl, diesen Gesetzen zu folgen oder sie herauszufordern. (Siehe Kapitel Freiheit). Es ist jetzt schon klar, dass jede signifikante Abweichung von diesen Naturgesetzen zu Krankheit führt. Der Patient ist für seine Krankheit verantwortlich. Die chinesische Medizin hat die Kunst der Beobachtung zu höchster Perfektion gebracht, mit rigoroser Logik verbunden und mit den intuitiven Gaben und den vielfältigen Erfahrungen und Persönlichkeiten der Beobachter bereichert. Die chinesische Medizin mag seltsam erscheinen, aber nicht weil sie weniger wissenschaftlich Medizin ist, sondern weil sie nicht auf den Ausschnitt der Wirklichkeit abzielt, dem seit Beginn der industriellen Nutzung das Interesse unserer Wissenschaft gilt. Die chinesische Medizin ist eine reife Wissenschaft, die jene Naturgesetze beobachtet, sammelt, streng überprüft und koordiniert und systematisiert, die am Gesundheitsende vom Spektrum des Krankheitsverlauf angesiedelt sind; und das ist genau der Bereich, in dem die westliche Medizin noch in ihren Kinderschuhen steckt. Um zur Ganzheit gelangen zu können, müssen wir Krankheit als einen Prozess auffassen, der mit dem Unaussprechlichen beginnt und mit der materiellen Tatsache der Organkrankheit endet (6). Die chinesische Medizin stellt zwar eine Wissenschaft im besten Sinne dar, aber aufgrund der Bedeutung, die der Heiler dabei spielt, müssen wir sie auch als Kunst betrachten. Als Kunst steht sie im Gegensatz zu modernen wissenschaftlichen Gültigkeitskriterien. Sie liefert z.B. nur wenige überprüfbare Daten, wie sie die gegenwärtige wissenschaftliche Methode erfordert. Unsere westliche Methode besteht auch daraus, dass der Heiler für den Heilungsprozess nicht relevant sein darf, ja, die Irrelevanz des Heilers ist ein Kriterium für die Gültigkeit eines Heilsystems geworden. In einem Teilsystem, in dem die Bewegung und Ausgewogenheit der Energie der über Krankheiten entscheidende Faktor ist, wird die Energie des Heilers dann natürlich eine ziemlich signifikante positive oder negative, Rolle spielen. Lawson-Wood schreibt: Was im Kopf des Arztes vor sich geht, ist therapeutisch gesehen signifikant. (Siehe Kapitel Wahrheit) (6) Die chinesische Medizin beschäftigt sich mit den grundlegenden Fragen von Leben und Tod, von Gesundheit und Krankheit, ohne auf die unzähligen in der westlichen Wissenschaft angehäuften, einander oft ausschließenden Daten aus der Biochemie zurückzugreifen. Sie erreicht auch ohne dieses beeindruckende Wissen ein praktisches Verständnis und funktionierende Lösungen für eine erstaunliche breite Palette medizinischer Rätsel. Ihre allererste Sorge gilt jedoch dem Individuum, der Krankheitsursache, nicht der Unterdrückung von Symptomen. Insofern handelt es sich hier wahrhaftig um eine Präventivmedizin. Der Erfolg hängt davon ab, inwieweit der Arzt eine exakte Diagnose gestellt hat, inwieweit der Patient bereit ist, Veränderungen vorzunehmen, und natürlich von der entsprechend angemessenen unterstützenden Behandlung. Das ist ein Punkt, den ich auch sehr bedaure, wenn ich in meiner Praxis Akupunktur anbiete. Patienten kommen mit dem Wunsch, ihre Rückenschmerzen, ihre Kopfschmerzen loszuwerden. In der ersten längeren Sitzung, in der ich eine Zungen- und Pulsdiagnose erstelle, weise ich immer darauf hin, dass emotionale und geistige Faktoren mit betrachtet werden müssen. Leider nehmen nicht viele Patienten diese Hinweise ernst, jedenfalls, was ich mitbekomme. Trotzdem wird das Anschneiden der Zusammenhänge eine Wirkung haben, wenn sie beim Patienten ankommt. Vielleicht unmerklich verändert sich etwas in der Haltung des Menschen. Und dann ist es schon gut.

Hier ein kurzer Abriss über die wesentlichen Grundstrukturen der chinesischen Medizin. Für eine Vertiefung mag man die entsprechende Fachliteratur zu Rate ziehen. Worauf ich hinaus will: An Beispielen will ich zeigen, wie Symptome in ein Gesamtverständnis der Lebenssituation der Patienten eingeordnet werden können.

Ying-Yang

Im Kapitel Einheit beschrieben, (Laotse), entsteht aus der eins die zwei, das heißt die Polarität, Yin und Yang. Hierbei entspricht dies im Ursprung einem sonnenbeschienenen Berg. Die sonnenbeschienene Seite des Berges dem Yang (hell, klar), und die Schattenseite des Berges dem Yin (dunkel). Alle weiteren Polaritäten gehören in diese Kategorie (aktiv-struktiv, expansiv-kontraktiv, aggressiv-passiv, in unserer Sprache: männlich-weiblich, hart-weich, usw.). Interessant ist hier vor allem, dass Yin und Yang sich auf eine Sache beziehen. Quasi wie zwei Seiten einer Medaille. Hier ist schon klar, dass diese Polaritäten immer miteinander verknüpft sind.

Die Wandlungsphasen

Die Erweiterung dieser Betrachtung ist, dass zwischen diesen Polen eine dauernde Bewegung ist, von einem Ort zum anderen. Diese Bewegung ist rhythmisch und wird mithilfe der Wandlungsphasen dargestellt. Die Bezeichnungen der Wandlungsphasen sind bildhaft, sowie die chinesische Sprache auch einen bildhaften Charakter hat, und bilden die Energie der Wandlungsphasen sehr gut ab.

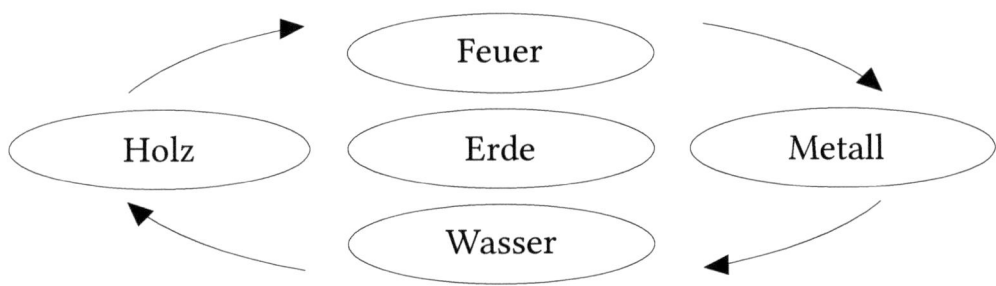

Auf eine Zeitachse abgebildet entspricht dieser Zyklus einer Sinuskurve, wie es Greten im Heidelberger Modell anschaulich dargestellt hat (1). Er beschreibt Wandlungsphasen als kybernetische Begriffe, die den Zustand der körpereigenen Regulation präzise beschreiben. Hier wird schon klar, dass es wesentlich um regulative Prinzipien geht (siehe Kapitel Regulation). Die Charakteristik der Wandlungsphasen wird in der folgenden Tabelle zusammengefasst:

Chinesische Medizin

WP	Organe	Emotion	Sinnesorgan	Gewebe	äußerer Auslöser	Entwicklungsstufen
Holz	Leber/Gbl	Erregung	Auge	Muskeln/Sehnen	Wind	Geburt
Feuer	Herz/Dünndarm	Kreativität	Zunge	Leitbahnen/Gefäße	Hitze	Wachstum
Metall	Lunge/Dickdarm	Trauer	Nase	Haut	Trockenheit	Ernte
Wasser	Niere/Blase	Angst	Ohr	Knochen/Nerven	Kälte	Lagerung
Erde	Magen/Milz-Pankr	Grübeln	schmeckende Zunge	Bindegewebe	Humor	Transformation

Holz: Leber/Gallenblase in dieser Phase wird eine Idee/Gefühl initiiert. Es entsteht eine Aktivierung des sympathischen Nervensystems mit entsprechender hormoneller Aktivierung (Adrenalin u.a.). Alle Zeichen dieser Phase zeigen eine Aktivierung bzw. Hemmung der Aktivierung. Im Kontext einer Bewegung ist ja die Initialerregung normal. Krankhaft wird es, wenn zu viel oder zu wenig von dieser Kraft ausgeht (Übererregung mit Schwindel, Schreien, übermäßige Muskelanspannung, gehemmte Erregung mit Kopfschmerzen (besonders seitlich), Schmerzen im seitlichen Oberbauch, Hüftschmerzen).

Feuer: Herz/Dünndarm, hier sind die Hormone ganz aktiv, die Durchblutung ist angeregt. Was vorher durch die Wandlungsphasen Holz angeregt wurde, wird jetzt abgearbeitet, und dadurch sinkt der Energielevel wieder ab. Emotional wird hier das lebendige Schwingen des Geistes (Kreativität, Expressivität), die Freude angesiedelt. Gedanken, die sich nicht auf den Punkt konzentrieren können, sind ein Beispiel für eine Überaktivität dieser Wandlungsphase. Außerdem Schlafstörungen, innere Unruhe. Ein guter Redefluss (Zunge, Sprechen) gehört hierher.

Metall: Lunge/Dickdarm, in dieser Wandlungsphase kommt es zu einem weiteren Energieabfall, bildlich gesprochen zu einer Involution. Es ist augenscheinlich, dass dieses zurückziehende Element sich besonders in Traurigkeit, Depression ausdrückt.

Über die Kontrolle der Haut (im doppelten Sinne) geht es auch um Abgrenzung bzw. Nicht-Abgrenzung zu anderen Menschen. Es besteht eine hohe Sensibilität und instinktives Verständnis für andere Menschen. Schuld und Reue spielen hier eine große Rolle. Die Lunge wird als Taktgeber (Rhythmuskontrolle) gesehen.

Wasser: Niere/Blase, diese Wandlungsphase beinhaltet die Organe, die nach der chinesischen Medizin wesentlich auch die Grundenergien des Körpers tragen bzw. bereitstellen (hierher gehören auch die Reproduktionsorgane als Weitergabe von essenzieller Energie zur Entstehung neuen Lebens). Hier habe ich zum ersten Mal verstanden, dass ein Fehlen von Grundenergie (sicherer Boden unter den Füßen) Unsicherheit und Angst erzeugt, d.h. Angst ist auch aus energetischer Sicht zu verstehen. Eine starke Grundenergie macht starke Knochen, gutes Gehirn/Gedächtnis und Festigkeit/Sicherheit im äußeren Körper sowie in der Ausstrahlung. Sicherheit wird auch gewünscht im äußeren Regelwerk (Systematisierung), und je weniger Energie da ist, desto mehr wird Sicherheit im Außen gesucht (Pedanterie). Affektionen/Krankheiten der Knochen deuten auf eine Störung dieser Wandlungsphasen hin. Hörfähigkeit/Tinnitus hat mit diesen Energien ebenso zu tun.

Erde: Magen/Milz-Pankreas als Mittelpunkt zwischen allen Wandlungsphasen hat eine besondere Funktion: Sie ist der große Modulator zwischen allen Phasen, sie ist immer betroffen, wenn eine Phase in einer Disharmonie ist. Wenn die Mitte (Erde), quasi die Aufnahme von Nahrung und deren Weitergabe in den Körper nicht richtig funktioniert, kommt es zu einer Stagnation des Energie/Flüssigkeitsstroms. Die Folge sind Wassereinlagerungen im Gewebe (Müdigkeit) mit einer Schwere der Glieder, Nebel im Kopf. Es erschlafft das Bindegewebe (Varizen, Hämorrhoiden). Wie bei allen Wandlungsphasen ist neben der körperlichen hier auch die geistige Verarbeitung gemeint (Verdauung von emotionalen Ereignissen, Verdauung von Lernstoff). Hier war übrigens mein eigener Quantensprung, als ich vor 15 Jahren gemerkt habe, wie ich durch veränderte Ernährungsgewohnheiten deutlich weniger müde war und auch leistungsfähiger wurde. Mehr darüber im Kapitel über Ernährung.

Energieebenen

Ähnlich, wie wir das auch in unserer Erfahrungswelt erleben, nämlich unterschiedliche Energiedichten, so beschreibt auch die chinesische Medizin diese Energiebereiche:

Qi ist auf der einen Seite ein übergeordneter Begriff: Alle Lebensformen sind Ausdruck von Qi, ohne Qi kein Leben, d.h. hier werden alle Energieformen subsummiert. In der Ordnung von den immateriellen bis zu den sehr materiellen Energieformen spricht man von
1. Shen, die am wenigsten materielle Form von Qi. Es ist ein Teil des Herz-Yang. Es kontrolliert das Bewusstsein, Denken, Gedächtnis und den Schlaf.

2. Qi , eine etwas materiellere Form, die sich in einem leichten Gefühl am Körper (Druck, Zug, Fliessen) bemerkbar macht.

3. Xue (Blut), eine etwas stärkere energetische Form als Qi, bemerkbar durch stärkere Symptome wie Stechen (wenn pathologisch).

4. Jing, die Essenz, die wesentlich in der Niere entspringt aus „Vorgeburts"- und „Nachgeburts"jing. Sie entspricht in ihrer Konzentration quasi den Zellkernen.

Dies ist nur als eine grobe Ordnung zu sehen. Die Abstufungen und die Zusammenhänge zwischen den einzelnen Energieformen sind im Detail komplex.

Agentien

In der chinesischen Medizin werden die Faktoren, die ein Krankheitsproblem hervorrufen (Agens = Wirkkraft), in äußere und innere Faktoren unterteilt. Äußere Faktoren, d.h. den Körper von außen beeinflussende Faktoren sind:

erstens: Wind

zweitens: Hitze/Glut

drittens: Trockenheit

viertens: Kälte

fünftens: Feuchtigkeit

In der genaueren Betrachtung handelt es sich hier nicht unbedingt um äußere klimatische Bedingungen, sondern um vegetative Muster, die sich im Körper bemerkbar machen, wie als ob dieses Agens eine Rolle spielt (1). Als Beispiel: Der Kälteaspekt zeigt sich durch eine kalte blasse Körperregion, gegebenenfalls in ziehenden Schmerzen, Steifheit des Gewebes ... Also einer Minderung des wärmenden Durchflusses des Blutes.

Als innere Agentien/Faktoren werden innere Bewegungen (Emotionen) bezeichnet, die in Korrespondenz zu den äußeren Faktoren und zu den fünf Elementen stehen:
erstens: Erregung
zweitens: Freude, Steuerung der Emotionalität allgemein
drittens: Deprimiertheit, Traurigkeit
viertens: Angst
fünftens: Sorge, Nachdenklichkeit

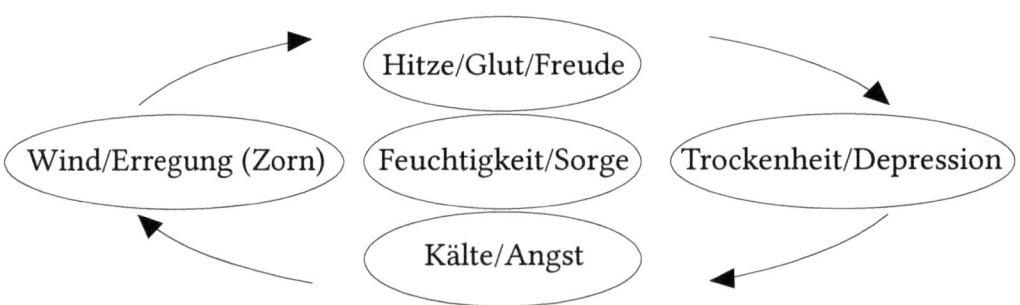

Eine differenzierte Darstellung der Agentienlehre ist in den Fachbüchern zu finden (Porkert, Hammer, Greten, Kubiena).

Diagnostik, Erstellung eines vegetativen Status

In der Untersuchung der Patienten kommt hier natürlich auch das Erstellen einer Anamnese, Riechen und Tasten zum Zuge. Zwei wesentliche Grundsätze der chinesischen Medizin liegen den folgenden beiden Untersuchungsvorgängen zu Grunde:

Erstens: Das Äußere spiegelt das Innere, wenn Körper und Seele/ Geist eins sind, dann wird hier davon ausgegangen, dass diese Bewegungen im Körper, zumindest wenn sie über eine gewisse Zeit in einer bestimmten Richtung tendieren, Spuren im Körper hinterlassen. D.h., wenn ich eine Veränderung der Körperform sehe, dann weiß ich, welcher Mensch vor mir steht. Ich glaube, dass wir sowieso intuitiv diese Merkmale erspüren und unbewusst, manchmal auch bewusst wahrnehmen. Es gehört zur herausragenden Leistung der chinesischen Medizin, diese Zeichen beobachtet, geordnet zu haben und zu werten.

Zweitens: Das Große ist im Kleinen, das Kleine ist im Großen. Aus unserer Medizin wissen wir, dass in jeder DNS die Gesamtinformation des Menschen enthalten ist. Das ist ein praktisches Beispiel des oben genannten Satzes. Wie aber auch schon zunehmend landläufig bekannt, gibt es im Bereich der Akupunktur verschiedene Mikrosysteme (Ohr, Schädel, Zunge, Hand, Fuß und andere). Also kann man von verschiedenen Systemen aus dieselben Organe behandeln, zum Beispiel die Lendenwirbelsäule an der Hand, im Ohr, an der Zunge usw. In der Ordnung der Zeichen an der Zunge kann der gute Therapeut ablesen, wie die Energetik in welchen Bereichen des Körpers ist und wie dann weitergehend interpretiert die Emotionalität aussieht. Ein Beispiel: Die Zunge ist gedunsen. Nach den obigen Ausführungen (Wandlungsphasen Erde) ist eine Einlagerung von Wasser in den Zungenkörper gegeben. Dieser kann durchaus an bestimmten Stellen verstärkt oder vermindert sein. Da der Zungenkörper in die verschiedenen Körperteile eingeteilt wird, lässt sich so schnell erkennen, wo die Stagnation von Flüssigkeiten besonders vorkommt. Also weiß ich, ohne mit dem Patienten darüber gesprochen zu haben, dass eine allgemeine Schwere, Müdigkeit eine Rolle spielt, dass möglicherweise ein dickerer, geblähter Bauch oder Schwere des Kopfes (Verdickung der Zungenspitze) besteht. Auch spielen Farbe, Größe und Zungentextur eine Rolle.

Des weiteren ist die Pulsdiagnostik sehr differenziert und aufschlussreich. An drei genau festgelegten Stellen der Radialarterie beider Handgelenke wird die Qualität des Pulses und Höhenlage untersucht und gewertet. Besonders diese Pulsdiagnostik erfordert eine lange Zeit der Übung, viel Supervision und ist tatsächlich auch deswegen abhängig von der Erfahrung des Untersuchers. Denn hier kommt es auf eine hohe Sensibilität und Diskrimination der Pulsmuster an. Beide Untersuchungsstellen haben ihren Bezug der Korrespondenz zur embryonalen Entwicklung (1). Ein wesentlicher Vorteil dieser Diagnostik besteht darin, dass ich den Patienten ihre Situation ziemlich genau spiegeln kann. Damit entfällt das, womit viele Psychologen erst mal mit Patienten kämpfen: mit Verdrängung und Abwehr. Wenn zum Beispiel ein Patient mit Hüftschmerzen (Gallenblasenleitbahn), zu mir kommt und ich sehe entsprechende Zeichen an der Zunge (geschwollene Zungenränder, gegebenenfalls gerötet), möglicherweise sehe ich zusätzlich entsprechende Zeichen im Puls (überangefüllter Puls mittig links, möglicherweise an der Oberfläche), dann ist das eine genaue Zeichenreihung im Sinne einer gestauchten Erregung, Frustration.

Praktische Situation der chinesischen Medizin in unserer Landschaft der Heilmethoden

Zunächst einmal muss konstatiert werden, dass die chinesische Medizin im Laufe ihrer Geschichte eine sehr wechselvolle Zeit hinter sich hat. Im 19. Jahrhundert kam es zu einem erneuten Niedergang, in der Folge verstärkt durch die Umbrüche der chinesischen Gesellschaft durch Mao Tse Tung. Aus der Not der vielen chinesischen Menschen im Elend wurde die chinesische Medizin, jetzt unter dem Titel der traditionellen chinesischen Medizin (TCM) in einer einfacheren und groberen Form rehabilitiert. Dies ist dann auch wesentlich das Konstrukt, das heute exportiert wird. Einen wesentlichen Beitrag zum Erhalt der alten wissenschaftlichen chinesischen Medizin sind die Übersetzungen des Sinologen Porkert (4 u.a.). In den sechziger und siebziger Jahren wurde die Akupunktur zunehmend in unserer Gesellschaft bekannt. Schon teilweise überrascht, wie es wirkt, aber eben auch manchmal nicht, verbreitete sie sich zunehmend als Alternativmedizin. Mit mehr oder weniger Tiefgang wurden Ausbildungsschulen gegründet. Inzwischen ist Akupunktur für die Indikation chronischer Lendenwirbelsäulenschmerz und chronischem Knieschmerz anerkannt. Im Ausbildungsgang bei den gesetzlichen Krankenkassen werden mindestens 200 Fortbildungsstunden gefordert. Es ist eigentlich eine Light Version. Allein die Tatsache, wie unsere Gesellschaft mit der Indikationsstellung umgeht zeigt, dass das Wesen der chinesischen Medizin nicht erfasst ist. Denn in dem, was ich als wissenschaftliche chinesische Medizin erachte, gibt es keine Fokussierung auf nur einen Körperteil. Die Leitbahnen, die über diese Regionen gehen, haben unterschiedliche Bedeutungen und deshalb unterschiedliche Behandlungsansätze. Aber vielfach wird eine sogenannte Rezeptakupunktur durchgeführt (diese Punkte für das Knie, jene Punkte für den Rücken), dann am besten gleich zehn Patienten nebeneinander für ein effektives Timing. Es geht weit an dem vorbei, was im ersten Satz dieses Kapitels steht. Auch wird die Energetik meistens völlig außer Acht gelassen, die in China eine viel größere Rolle spielt. Aber da befinde ich mich auch mit der Kassenmedizin in einem Dilemma. Denn wie kann es anders sein, dass Patienten erwarten, wenn sie zur Akupunktur von Rückenschmerzen kommen, dass auch nur dieser behandelt wird. Dass das aber auch zur Folge haben kann, dass die Ernährung, die Lebensweise, gegebenenfalls eine Kräutertherapie, gegebenenfalls Psychotherapie/Seelentherapie notwendig wären für eine Heilung, nehmen die wenigsten Patienten wahr und setzen es auch nur, wenn überhaupt, bruchstückhaft ein. So wird vielfach eine oberflächliche chinesische Medizin durchgeführt, die dann natürlich einen schlechten Ruf bekommt, weil sie nicht wirkt, wie sie wirken könnte.

Handwerkszeuge der Chinesischen Medizin

Ernährung/Kräuter

Damit wir gut leben können, brauchen wir Kraft/Energie. Über die Ernährung berichte ich im eigenen Kapitel unten ausführlicher. Eine Fortsetzung der Ernährungslehre ist die Kräutermedizin. In einer stärkeren Form als Lebensmittel werden Teile von Pflanzen eingesetzt, die in einem stärkeren Maße energiegebend, modulierend im Körper eine Wirkung entfalten. Anders als in der westlichen Phytotherapie liegt der Beurteilung der Pflanzen ein Beurteilungsraster zu Grunde, dass sehr differenzierte Aussagen über seine Wirkungsqualitäten macht. Natürlich ist der Übergang von Ernährung zur Kräutermedizin ein fließender, denn Naturstoffe auch mit höherer Energiedichte werden ja auch in der Ernährung eingesetzt.

1. Wirkrichtung
Jede Geschmacksrichtung entspricht einer Wandlungsphase und hat im Körper verschiedene Wirkrichtungen.
Holz: Energie geht nach oben und außen; sauer; Wirkung nach unten, innen
Feuer: Energie geht nach unten; bitter; Wirkung nach unten, trocknend
Erde: Energie wird in der Mitte verarbeitet; süß; Wirkung abwärts führend
Metall: Energie abwärts führend; scharf; Wirkung nach oben, außen

Wasser: Energie aufwärts führend; salzig; unterstützt die Wirkung nach oben.

2. Bezug zu einer Wandlungsphase

Da, wie unter eins beschrieben, die Wirkrichtungen entsprechend einer Wandlungsphasen wirken, ist das der entsprechende Bezug zu einer Wandlungsphase.

3. Temperaturverhalten

Aus unserem normalen Empfinden wissen wir, dass, abgesehen von der originären Temperatur der Lebensmittel, diese außerdem eine entweder wärmende oder kühlende Wirkung haben. Das sicherlich bekannteste wärmende Lebensmittel ist der Chilli. Kühlende Lebensmittel sind zum Beispiel Zitrone, Gurke.

4. Wirkung

Eine weitere Differenzierung ist, ob Substanzen eher an der Oberfläche wirken (z.B. bei Hauterkrankungen) oder eher in der Tiefe (Sedativa).

In der vielfältigen Phytotherapie ist auch die Zusammensetzung der Rezepte sehr wichtig, denn die Kräuter sollen sich gegenseitig nicht behindern, aber auch nicht einseitig wirken. So entstanden mit der Zeit viele klassische Rezepturen.

Akupunktur

Es ist für mich immer wieder faszinierend, wie ich manchmal mit einer Nadel zum Beispiel Ohrenschmerzen sofort "wegmachen" kann. Egal, um welche Körperregion es geht, Nadeln können eine enorme Wirkung haben. Aber in dem Wörtchen „können" steckt schon eine gewisse Einschränkung. Diese kann ich wie folgt charakterisieren: Zum Beispiel bei Akuterkrankungen ist mit einer eher leichteren Blockade zu rechnen. Schmerzen sind immer Folgen eines blockierten Qi-/Xue-Flusses. Und für solche Blockaden ist Akupunktur tatsächlich eine exzellente Wahl. Sobald es sich jedoch um zunehmend festgefahrenere Blockaden handelt oder gar Blockierungen, die schon über Monate oder Jahre hinweg bestehen, wird eine Akupunktur hier mal einen nur kurzfristigeren Effekt oder auch gar keinen Effekt haben, denn hier sind wahrscheinlich auch energetische und emotionale Aspekte mit zu berücksichtigen. Und es ist klar, dass hier noch mehr Dinge bedacht werden müssen. Auf der anderen Seite können durchaus mehrere Akupunktursitzungen hintereinander zunehmend zu einem Erfolg führen. Wiederum ist es sicher möglich, wie oben von der Körper-Seele-Einheit gesprochen wurde, dass durch Nadelung eben auch besonders emotionale Aspekte von Blockierungen mitbehandelt werden. So erlebe ich manchmal, dass Patienten mir mitteilen, dass die Schmerzen zwar noch da sind, dass sie aber besser damit umgehen können und sich irgendwie freier fühlen. Manchmal freut es mich besonders, wenn ich dann höre, dass sich irgendetwas auf dem Arbeitsplatz oder in einer Beziehungskiste verändert hat, was einem weiterhilft. In der technischen Weiterentwicklung sind besonders in der Ohrakupunktur neue Behandlungsstrategien gefunden worden. Unter anderem der Einsatz des Laserlichtes macht eine Akupunktur ohne Schmerzen möglich. Eine differenzierte Lasertherapie mit verschiedenen Frequenzen erweitert das Spektrum der Möglichkeiten. Schwermetallbelastungen und Störfelder werden auf diffizile Weise behandelt.

In der Akupunktur werden mittels Nadeln spezifische Punkte gereizt, die über einen Reflex im Körper etwas bewegen. Über die physikalischen Grundlagen dieser Reflexbögen ist man sich immer noch nicht wirklich im Klaren. Auch habe ich verschiedene Akupunktursysteme kennengelernt (es gibt verschiedene Schulen und auch verschiedene Ansichten). Für mich entscheidend ist die Wirksamkeit, mit der ich klarkomme. Und da ist es durchaus unterschiedlich, dass manche Patienten einen Benefit aus der Ohrakupunktur ziehen, manche aus der Körperakupunktur. Wie auch an anderer Stelle beschrieben, gibt es hier eine große Vielfalt von Möglichkeiten der Nadelung, die mehr oder weniger effektiv nebeneinander stehen. Dies hat auch mit dem Gedanken zu tun, dass das Viele im Wenigen, und das Wenige im Vielen ist. Ohne weiter auf Techniken einzugehen, dies mag jeder bei den entsprechenden Fachbüchern nachlesen, habe ich noch weitergehendere Gedanken.

Bei der Akupunktur geht man technisch in einen Resonanzpunkt. Es geht ja immer wieder darum, richtige Stellen am Körper zu treffen. In Resonanz gehen heißt aber auch nicht unbedingt nur, dass technisch am Patienten etwas gemacht wird, sondern es heißt auch, dass man sich geistig auf eine Linie/Welle mit dem Patienten einlässt und versucht in Resonanz zu gehen. Das heißt hier, dass das gesprochene richtige Wort, zur richtigen Zeit, am richtigen Ort genauso im Menschen etwas bewegen kann wie die Nadel, wenn nicht noch mehr. Joseph von Eichendorff hat das in einem Gedicht wunderbar ausgedrückt:

> schläft ein Lied in allen Dingen,
> die da träumen fort und fort.
> Und die Welt hebt an zu singen,
> triffst du nur das Zauberwort.

Das ist Akupunktur im übergeordneten Sinn.

Psychologie (I Ging)

In seiner Grundstruktur ist die chinesische Medizin auch ureigenst eine Lehre der emotionalen Befindlichkeit und deren Therapie. Dabei gehen durch die Bücher besonders folgende Sätze: Zorn beeinflusst die Leber, Freude beeinflusst das Herz, Nachdenken beeinflusst die

Milz, Kummer beeinflusst die Lunge, Angst beeinflusst die Niere. Hammer (6) kritisiert zu Recht, dass hier mit Ausnahme des Herzens alle Emotionen negativ ausgedrückt sind. Im Grunde handelt es sich hier zunächst um normale emotionale Bewegungen, die erst dann krankhaft, negativ werden, bzw. überhaupt sich erst zeigen, wenn Störungen/Dysregulationen auftreten. Diese Störungen werden dann mit zunehmender Dichte körperlich. Indem ich dann die Art und den Ort der körperlichen Veränderung anschaue, bekomme ich eine Idee von der emotionalen Störung. Im Wesentlichen geht es darum, dass emotionale Bewegungen fließen können und dass sie im Gleichgewicht stehen. Das wäre dann der Wohlfühlzustand. Aber wie das Leben so ist, es kommt immer wieder zu Unregelmäßigkeiten, zu Störungen, neuen Herausforderungen mit neuer emotionaler Situation. Auch äußere Einflüsse spielen natürlich eine Rolle. Da machen wir uns nichts vor, dass es auch manchmal schwer zu verdauen/schwer zu regulieren ist. Und da denken wir heute häufig, dass wir alles rational beherrschen und entwickeln können. Ich komme zunehmend zu der Erkenntnis, dass Dinge eher irrational, aber sinnhaft zu sehen sind. Unser Körper ist im Grunde die erste Instanz, die wahrnimmt, was in uns wirkt bzw. was auf uns einwirkt. Indem wir einen guten Kontakt zu unserem Körper haben, können wir schneller und besser Entscheidungen treffen.

Das I Ging ist ein besonderes Buch der chinesischen Weisheitsliteratur. Als „Buch der Wandlungen" sagt es von sich, die

Totalität der Welt abzuzeichnen und die Bewegungen in der Welt zu erfassen. Aus uralter Zeit entstanden, ca. 1000 vor Christus, sind aus den Grundprinzipien (Yin und Yang) und der entsprechenden Verdoppelung und Verdreifachung die Hexagramme entstanden. Ich habe mich zu manchen Zeiten recht intensiv mit dem Buch beschäftigt, und ich muss sagen, ich war manchmal überrascht, erstens über die Aussagekraft gegenüber meiner persönlichen Situation und zweitens in seiner Weisheit an sich. Zum ersteren meine ich die Art, in unklaren Lebenslagen Hilfe und Klarheit zu bekommen, das Orakel nehmen, zum Zweiten lese ich sehr gerne vereinzelt Kapitel, um etwas in der Weisheit zu baden. Außerdem sehen wir ja hier die Wandlungsphasen wieder. Da die Problemlösung meistens geistiger Natur ist, findet sich hier das Entsprechungssystem der Medizin für den geistigen Raum.

Was ich nicht unerwähnt lassen möchte ist das Taoteking des Laotse. Es ist eines meiner Lieblingsbücher geworden. Die kosmische Sicht ist eng mit dem Buch der Wandlungen verbunden. In knappen Versen werden Aussagen über Weltstruktur, Wahrheit und Sinn gemacht, in denen ich an vielen Stellen sehe, dass 800 Jahre vor Christus die Haltung Jesu und seine Aussagen vorweggenommen wurden. Einige Zitate finden sich in diesem Buch.

Chinesische Medizin

EINHEIT PHYSIKALISCH

Einheit / Dualität / Vielfalt

Was ist Materie, Leben, Sein, Energie? In einem kurzen Exkurs will ich darstellen, wie sich menschliches Sein in einem überaus komplexen Kontext heraus entwickelt, lebt, wie die verschiedenen Bereiche des Seins zusammengehören. In der Entwicklung der grundlegenden physikalischen Zusammenhänge hat die Relativitätstheorie von Einstein, die Unschärfetheorie von Heisenberg sowie die Quantentheorie von Plank maßgeblich unser heutiges Weltbild beeinflusst. Raumzeit, Masse und Gravitation gehören untrennbar zusammen. Es ist anerkannt, dass das Weltall, der Kosmos in dem wir leben, rund 13,2 Milliarden Jahre alt ist. Er hat punktförmig begonnen und expandiert seither zeitlich und räumlich, d.h. er wird fortschreitend älter und weiter. Ein Vorher und ein Außen existiert nicht. Zeit und Raum beginnen selbst erst im Ursprung. Zumindest ist das die Annahme der meisten Wissenschaftler. Raum und Zeit wurden mit dem Urknall erst geboren. Das, was außerhalb dieses Urknalls ist, ist das, was Christen als Gottes Ewigkeit betrachten, kein Anfang und kein Ende. Dagegen wissen wir, dass unser Kosmos nach einigen halbwegs fundierten Spekulationen in spätestens 10^{50} Jahren vergehen wird. Jede Masse m verkörpert die Energie $E = mc^2$ und jede Energie E hat die Masse $m = E/c^2$. (m=Masse, E=Energie, c=Lichtgeschwindigkeit). Es ist schon sehr faszinierend, über solche Dinge nachzudenken. Für einen Laien ist schnell die Grenze der Verstehbarkeit erreicht, für einen akademisch gebildeten Menschen weniger schnell, für Mathematiker und Astrophysiker noch etwas später. Das, was diese Zeilen aufzeigen wollen, ist die Tatsache, dass alles in Einem einen Ursprung hat und das alles Eins ist. Alles ist aus demselben Substrat gebaut. Aus diesem Einen entwickelt sich auf dem Prinzip der minimalen Störung (Philbert (17)/ Hawkins(16)) eine zunehmende Vielfalt, eine zunehmende Differenzierung und Höherentwicklung. Die minimale Störung ist zu verstehen aus einem Freiheitsgrad der Elemente, die Heisenberg in den kleinsten Partikeln entdeckt hat (Unschärfe). Diese Unschärfe ist auf jeder Seinsebene vorhanden. Es entsteht ein kontinuierlicher Übergang von den rein materiellen Bereichen bis zu komplexeren Lebensformen bis zum Menschen. Karl Philbert beschreibt die Stufen folgendermaßen:

Stufe eins: materielle Bereiche (materielle Teile, Felder, Wechselwirkung)

Stufe zwei: reproduktive Systeme (wie Viroide, Prionen, Computerviren)

Stufe drei: vegetative Organismen (Pflanzen, Einzellertiere, Hohltiere)

Stufe vier: niedrige Tiere (Würmer, Insekten, Reptilien)

Stufe fünf höhere Tiere (Vögel, Groß-Säugetiere, Menschenaffen)

Stufe sechs Hominiden (Homo habilis, Homo erectus, Neandertaler)

Stufe sieben: jetziger Mensch.

Alles ist Energie. Das, was wir sehen ist materialisierte Energie wie schon oben beschrieben. In der Zusammensetzung und im Erscheinungsbild weichen alle Dinge voneinander ab. Allein wenn ich die Vorstellung der Gleichung auf der Zunge zergehen lassen: Energie = Materie, dann beginne ich zu begreifen, dass das, was wir mit Kraft/Geist/Gott bezeichnen, in allem ist. Der Name Jahwe heißt ja auch: Ich bin der der da ist. Meine Vorstellung von Gott war früher, dass er das Lichte, Gute ist. Wenn ich das nun weiterdenke, dann beginne ich zu begreifen, dass das, was ich früher als angsterfüllend, schlecht erlebt habe, ja auch zu dem gehört, was wir mit Gott bezeichnen. Sehr häufig wird ja in alten Texten dieses Dilemma in Bilder/Geschichten so gelöst, dass das Böse/der Teufel (Mephisto) zwar das „Böse" macht, aber im Dienste des „Guten" (Gottes) handelt. Hier ist aus dem alten Testament das Buch Hiob zu erwähnen, und die große Dichtung des Faust von Goethe. Mephisto bezeichnet sich selbst als „Ein Teil von jener Kraft, die stets das Böse will und stets das Gute schafft". Das Dunkle, die Nacht, ist in dieser Kraft genauso wie das Helle, der Tag. Und, in einer ganzheitlichen/einheitlichen Sicht ist alles mit seinem Gegenteil verbunden. Yin ohne Yang geht nicht, Gesundheit ist mit Krankheit, Leben mit Tod gekoppelt wie 2 Seiten einer Medaille. Genauso Liebe mit Hass und Freiheit mit Unterdrückung. Wir können dieser Dualität/Polarität nicht entkommen, denn durch sie sind wir in die Welt geboren. Bei mir selbst kann ich nachvollziehen, dass ich das Potential zu Allem in mir habe. Das Schlimmste war für mich, als unser 1. Sohn in seiner 3-Monats-Kolik 3-4 Monate lang fast nur schrie und nur ruhig war, wenn er im Arm oder im Kinderwagen geschaukelt wurde. Die Nerven lagen manchmal blank, und ich war erschrocken über mich selbst, dass der Gedanke hochkam, wenn ich ihn aus dem 3. Stockwerk runterfallen liesse, wäre der Spuk vorbei. Zum Glück nur ein Gedanke. Aber mancher Mutter, manchem Vater reißt der Faden und es passiert das Schreckliche. So haben viele Taten ihren Hintergrund und ihr Setting. Wenn wir das Glück haben, auf der „Sonnenseite" des Lebens zu stehen (Frieden, Wohlstand, ausreichend zu essen), kann man sich manchmal nicht vorstellen, wie es aussieht, wenn das alles nicht so gegeben ist. Wenn ich das konsequent weiter denke, dann ist es schon nicht unproblematisch, wenn viele Menschen das Gute wollen. Oder sie wollen lieb sein. Sind das nicht alte Muster? Wer sagt denn, was gut ist? Damit alle Wesen leben, müssen andere vergehen. Die Nahrungsaufnahme zum Leben erfordert das Sterben von Pflanzen/Tieren (Kopplung von Leben und Tod). Worauf ich hinaus will: Alle „Gebote/Muster" müssen hinterfragt werden, um dann in meinen eigenen Herzensfluss zu münden, was im Weiteren angemessen ist (siehe Kapitel Freiheit). Auch in den 10 Geboten ist ausgedrückt: Du sollst Dir kein Bild von Gott machen. Heißt, alles das, was wir erkennen, ist nie das Ganze. Gott/das Ganze ist größer als wir uns vorstellen können. Laotse drückt dies so aus:

der SINN erzeugt die Eins.

Die Eins erzeugt die Zwei.

Die Zwei erzeugt die großen drei.

Die Drei erzeugt alle Dinge.

Alle Dinge haben im Rücken das Dunkle und streben nach dem Licht,

und die strömende Kraft gibt ihnen Harmonie.

Mit dem Sinn ist hier die Kraft, Dao, Gott gemeint. In Bezug auf das oben Gesagte ist hier die Erzeugung des Kosmos mit der ersten Zeile gesagt. Aus der minimalen Störung wird dann die Zweiheit bis in die Vielfalt weiterentwickelt. Gleichzeitig vermittelt hier Laotse, dass in dieser Zeugung eine harmonische Gesetzlichkeit verankert ist. Und dass hier harmonische, aufeinander abgestimmte Vorgänge unser Leben bestimmen, ist keine Frage. Je mehr wir wissenschaftlich Vorgänge des Lebens erforschen, desto erstaunter wird man im Grunde, wie wunderbar die Vorgänge aufeinander abgestimmt sind. Und alles, aber auch alles, ist Rhythmen unterworfen. Ob wir uns die kreisenden Gestirne anschauen, die fortlaufende Atmung unseres Körpers, oder im Mikrobereich die Zellen und noch tiefer die Atome. Alles ist in ständiger Bewegung. Diese Bewegungen werden in der chinesischen Medizin in den Wandlungsphasen beschrieben (siehe dort). Was diese Zeilen außerdem ausdrücken: Die Welt, wir, sind in ständigem Wandel und verändern uns dauernd. Keine Sekunde ist wie die andere. Und, offensichtlich ist nichts beliebig.

Wir Menschen funktionieren als eine Einheit, aber wir versuchen, in einer analytischen Sequenz zu denken und zu kommunizieren, wodurch ein umfassendes Wissen in kleine, handhabbare Informationspartikel zerstückelt wird. Wir „sind" zwar eine Einheit, aber wir denken in Bruchstücken und versuchen ständig, diese Bruchstücke in Beziehung zu setzen und zu einem geordneten Konzept aufzublasen. Wir scheinen unserem Wesen nach auf das

Einheit physikalisch

Formulieren von Konzepten beschränkt zu sein, die wir dann wieder in die Wirklichkeit konvertieren müssen. Egal, wie künstlich die Unterscheidungen, die wir zwischen „ Einflusssphären" treffen, auch sein mögen, sie sind nichtsdestotrotz real und notwendig. Ohne sie wäre weder eine theoretische Auseinandersetzung noch eine therapeutische Intervention möglich (6). Das heißt, dass wir zwar im Bewusstsein um die Einheit leben können, uns aber in der Spannung zwischen den Polen in unserem realen Leben positionieren müssen, „unvollständige" Konzepte und Bilder entwickeln, sie immer wieder weiter entwickeln und nie an ein Ende kommen.

ENERGETIK

Wie im Kapitel Einheit/Dualität schon physikalisch dargestellt, ist das, was wir sehen und wahrnehmen, im Grunde als Energie in Wechselwirkung zu sehen. Das Faszinierende daran ist, dass wir eine Harmonie empfinden, obwohl wir wissen, dass selbst in Atomen eine Unschärfe vorhanden ist. Allein, wenn ich die Komplexität des menschlichen Körpers bedenke, und das habe ich ja studiert, bin ich immer wieder fasziniert über das Zusammenspiel der Vorgänge in einem einfach erscheinenden Ablauf. Sei es die Atmung, das Gerinnungssystem, die Stuhlentleerung oder der Stoffwechsel der Haut. Die Vorgänge sind überaus komplex, aber für uns normal und einfach. Erst wenn Störungen auftauchen, macht man sich mehr Gedanken darum. Ein praktischer Aspekt der Energetik: „Wusstest du, dass die Nähe eines Menschen krank machen oder gesund machen kann?" Schon früh in meinem Leben ist mir dieser Satz über den Weg gelaufen. Ich habe ihn nicht vergessen. Und ich habe immer wieder darüber nachgedacht, wie das zu verstehen ist. Es ist ein ganz normales Empfinden, wenn wir spüren, dass ein Mensch der uns begegnet, es gut mit uns meint, uns mag. Umgekehrt gilt das natürlich genauso, wenn der herrische Chef auf der Arbeit, wenn der neidische Nachbar oder der ungeliebte Arbeitskollege auf der Bildfläche erscheint. Dann sind wir eher blockiert. Wir fühlen uns schlecht, wehren es ab, oder unterdrücken es. In meiner Ausbildung in der energetischen Ohrakupunktur habe ich den NogierReflex kennengelernt und wende ihn in der Akupunktur täglich an. Was hat es mit diesem Reflex auf sich? Der von Paul Nogier benannte theoretische Hintergrund besagt, dass sich der Gefäßtonus unter Stress (im Sinne der Reizung durch Akupunkturnadeln an bestimmten Orten der Ohrmuschel) ändert, und damit auch ein entsprechendes beschriebenes Resonanzverhalten der Arterien. Dies spielt sich nicht nur am Ohr ab, sondern ist am ganzen Körper wirksam, entsprechend der Aktivität der Stellen/Punkte, um es zunächst ganz allgemein zu sagen. Über diesen Umweg erkenne ich, dass Menschen auf ALLES reagieren. Nicht nur, dass wir körperliche Sensationen auch körperlich spüren. Wenn etwas im Raum ist, dann reagiert unser Körper wie ein Seismograph auf die Einflüsse, die auf ihn einwirken. Er hat quasi eine vegetatitv aufgeladene Dauerspannung. Gerüche, Worte und sogar Gedanken werden von unserem Körper registriert und er reagiert darauf. Im groben Bereich kennt es eigentlich jeder von uns. Wenn uns jemand anschreit, dann reagieren wir, entweder wütend oder mit Angst. Und das geht immer weiter bis in den Fein- und Feinstbereich. Feinbereich: Obwohl wir vielleicht niemanden im Raum sehen oder hören, ist doch spürbar, dass jemand da ist. z.B. der bohrende Blick im Nacken, wenn jemand lautlos durch die Türe kommt und uns anstarrt. Feinstbereich: Eine Mutter schrickt zusammen und spürt, dass ihrem Sohn in Australien etwas zugestoßen ist. Energie/ Resonanzen gehen durch den Äther. Und was mache ich in der Akupunktur? Wenn ich eine Akupunkturnadel setzen will, und den Bereich kenne ich ja, in dem die Nadel gesetzt werden soll, dann kann ich am Puls (am Handgelenk) die Reaktion des Patienten abgreifen, wenn ich mit der Nadel langsam über den Bereich gehe und er dort mit dem Puls reagiert, wo der aktive Punkt ist. So ist die Nadelung präzise und effektiv. Und manchmal (Spiegeltechnik in der Balance-Methode) muss ich auch den Bereich suchen und fahre mit der Nadel oberhalb der Haut vielleicht über den halben Unterarm und setze die Nadel dort, wo die Reaktion kommt, und sie wirkt sofort (darüber mehr im Kapitel Akupunktur). In meiner Ausbildung war es auch so, dass der Referent mit unserer Gruppe in einem Raum war. Dort legte sich einer von uns, der irgendwo Schmerzen hatte und behandelt werden sollte, auf die Liege. Der Referent suchte am Ohr nach aktiven Punkten. Er fühlte den Puls des dort liegenden Kollegen, und wir fühlten unseren Puls. Und wenn er einen Punkt gefunden hatte, fragte er uns, ob wir ihn auch spüren würden. D.h. wir bekommen etwas mit, wenn wir uns darauf konzentrieren, was im Raum mit unserem Kollegen passiert. Die vegetative Reaktion wurde sogar auf unseren Körper übertragen, so dass wir das Ereignis mitfühlen konnten. In Fortführung dieser Gedanken kann ich erkennen, dass ja ALLES vom Körper wahrgenommen wird. Der Körper bemerkt es. Ein Schlüsselerlebnis ist mir der Bericht einer Patientin, die erzählte, dass sie irgendwie ein komisches Gefühl im Bauch hätte, als sie mit ihrem Mann ein Haus kaufte. Es sah alles so günstig und gut aus und äußerlich war alles gut. Den Pferdefuß bemerkten sie erst viel später, als ein Mangel des Hauses offenbar wurde. Der Verkäufer hatte nicht alles gesagt. Aber diese Wahrnehmung ist bei der Frau als „komisches" Gefühl angekommen. Hätte sie ihrem Gefühl vertraut, hätte sie von einem angeblich idealen Kauf Abstand genommen. Und alle anderen, bis auf den Verkäufer, hätten es nicht verstanden. Was ich damit sagen will: Es geht darum, dass wir den Dingen nachgehen, die wir spüren, die wir für uns als wahr betrachten. Das ist natürlich manchmal nicht einfach, wie im obigen Beispiel gezeigt. Hätte die Patientin darauf gedrängt, den Kauf des Hauses abzusagen, wäre sie in einem Konflikt zu ihrem Ehemann gekommen, und vielleicht zu sich selber. Denn wenn sie sich selbst nicht ganz glauben kann, könnte sie meinen, dass eine einmalige Chance vertan sein könnte. So fahren wir manchmal viele Umwege, bis wir erkennen, dass die Richtung doch nicht richtig war, dass wir vielleicht im Nachhinein verstehen, dass die Antwort viel früher dagewesen ist. Und vielleicht lernen wir uns immer mehr zu vertrauen, frühzeitiger auf uns zu hören, damit die Umwege kleiner werden. Was ich damit auch aussagen will: In unserem Bewusstsein nehmen wir oftmals nur die groben Dinge wahr. Und wenn wir uns das Lichtspektrum anschauen, dann wird schnell klar, dass unser Auge nur einen ganz kleinen Teil überhaupt sehen kann. Dennoch existieren die ganzen anderen Strahlen genauso. Unsere feineren Rezeptoren im Körper nehmen solche Schwingungen auch wahr. Und wenn ich dieses zu Ende denke, dann erkenne ich, dass die Wahrheit immer durchscheint, auch wenn ich sie nicht wirklich sage. Lügen geht also nicht.

FREIHEIT

Wie in dem Kapitel über die chinesische Medizin ausgeführt, ist in jedem sichtbaren Teil etwas verwoben, das eine Struktur hat, sonst wäre es nicht sichtbar. Ich kann ja nur etwas sehen, wenn es eine Form hat. Was diese Form mit Leben ausmacht, ist eine gewisse geistige Kraft, die zu benennen schwer fällt. Sehen wir uns den menschlichen Körper an, so wäre er tot, wenn nicht eine Lebenskraft, geistige Kraft in ihr wohnte, die diesen Körper lebendig macht. Ich frage mich, woher kommt es, dass mein Herz pumpt, was ist der Sinusknoten für ein Impulsgeber, woher nimmt er seine Kraft? Auf der geistig-emotionalen Ebene, woher kommen meine Gedanken, meine Gefühle? Ich weiß es nicht. Das einzige ist, ich kann sie wahrnehmen, und ich kann sie mich als Persönlichkeit ausmachend feststellen. Diese Gefühle und Ideen gehören zu mir. Sie werden nach unserer Vorstellung aufgeteilt in unser Bewusstsein und unser Unterbewusstsein. Einige Gedanken kenne ich, andere sind versteckt, kommen aber immer wieder mal an die Oberfläche, und dann werden sie halt bewusst. Ich habe das Gefühl, es ist immer wieder ein Auftauchen und ein Abtauchen. Denn mein Gehirn lässt auch manche Gedanken wieder zurück, ich vergesse sie einfach (so empfinde ich mein Gehirn manchmal als Rüttelsieb, da es im Gegensatz zu anderen Menschen so viel vergisst). Es ist klar, ich kann und will mir nicht alles merken, erstmal aus Gründen der Relevanz der Ereignisse, dann auch, weil es sonst meine bewussten Kapazitäten sprengen würde, es ist dann einfach zu viel. Mit diesem Päckchen gestalte ich nun mein Leben im Kontext mit meiner Umgebung. Und bei allen anderen Menschen ist es genauso. Nun ist es so, dass wir auf verschiedenen Ebenen leben, kurz-, mittel- und langfristig. Das erste ist, dass ich genug zu essen habe, dass ich mich wohl fühle (Kleidung, Sauberkeit, Duft), das ich anstehende Arbeiten erledige, auch um diese Bedürfnisse zu befriedigen. Aber dann geht es schon in die nächste Ebene, es geht um Ziele in der Woche, im Monat, im Jahr (Urlaub, Feiern, Wohnung etc.). Und zuletzt die Lebensplanung. Auf allen Ebenen gibt es die geplanten Anteile, und die, die dazwischen kommen, also die ungeplanten Anteile. Nun haben wir, seit wir auf der Welt sind, gelernt, in einer bestimmten Weise auf alle möglichen Ereignisse zu reagieren. Diese Weisen speisen sich aus bestimmten Vorstellungen, wie etwas zu funktionieren hat. Die Psychologen nennen es Muster, in denen wir uns bewegen. Das heißt aber auch, dass wir annehmen, dass es seine Richtigkeit hat mit diesen Vorgaben. Wie wir ja heute wissen, gab es in der Vergangenheit immer wieder Muster, die wir heute als überholt betrachten, weil zu eng, aus Glaubensvorstellungen gewonnen, die wir heute nicht mehr teilen. Dabei befinden sich dann so abstruse Theorien wir die Rassentheorie des dritten Reiches, die Vorstellung von Über- und Untermenschen. Aber auch, wenn wir heute anerkannte Vorstellungen untersuchen, dann merken wir schnell, wie wir an Grenzen stoßen. Da ist dann z.B. das Tötungsverbot. Im Allgemeinen findet es natürlich Zustimmung. Aber es gibt ja Situationen, in denen das auch in Frage gestellt werden kann (im Krieg? in Notwehr?) worauf ich hinaus will: Die Regeln sind gut für ein Zusammenleben. In der letzten Instanz aber gibt es durchaus Situationen, in denen ich anders entscheiden kann oder auch nicht. Und das ist nun der Angelpunkt, wie entscheide ich? Manchmal habe ich das Gefühl, es gibt unzählige Argumente für oder gegen eine Entscheidung. Und ich nehme an, dass im Algorhithmus aller Möglichkeiten das heraus kommt, was überwiegt. Wie könnte es auch anders sein? Eine Schlussfolgerung, die ich daraus ziehe, ist die, dass alle Entscheidungen von Menschen angemessen sind. Für sie alleine. Denn jede auch noch so kleine Entscheidung fußt auf Impulsen, die ich nur zum Teil kenne, der Mensch jedoch selbst auch nur zu einem Teil. Denn die unbewussten Teile sind ja auch zu berücksichtigen. Und die sind ja per Definitionem nicht bekannt. Darin enthalten sind dann auch die Muster, die mich seit meiner Kindheit prägen. Ich lerne ja schon als Kind, dass manche Verhaltensweisen gerne gesehen werden, andere wiederum als schlecht angesehen werden. Und da ich ja die Zuneigung meiner Eltern erhalten will, werde ich sicherlich lernen, mich in manchen Dingen für die geneigten Verhaltensweisen zu entscheiden, als für das, was ich eigentlich wollte. Und hier bin ich an dem Punkt, den ich mit Freiheit meine. Es geht darum, wieder zum Kern seines eigenen Wesens zu gelangen und Aufmerksamkeit und Handeln danach auszurichten, was wir wirklich fühlen und denken. Und das braucht Mut. Denn alte Muster verleihen auch Sicherheit. Vertrautes und Bekanntes aufzugeben, um etwas Neues zu tun, braucht eine Kraft, die uns dabei hilft. Wie schön drückt es doch Hermann Hesse in seinem Gedicht Stufen aus:

Stufen ...

Wie jede Blüte welkt und jede Jugend
Dem Alter weicht, blüht jede Lebensstufe,
Blüht jede Weisheit auch und jede Tugend
Zu ihrer Zeit und darf nicht ewig dauern.
Es muß das Herz bei jedem Lebensrufe
Bereit zum Abschied sein und Neubeginne,
Um sich in Tapferkeit und ohne Trauern
In andre, neue Bindungen zu geben.
Und jedem Anfang wohnt ein Zauber inne,
Der uns beschützt und der uns hilft, zu leben.
Wir sollen heiter Raum um Raum durchschreiten,
An keinem wie an einer Heimat hängen,
Der Weltgeist will nicht fesseln uns und engen,
Er will uns Stuf' um Stufe heben, weiten.
Kaum sind wir heimisch einem Lebenskreise
Und traulich eingewohnt, so droht Erschlaffen;
Nur wer bereit zu Aufbruch ist und Reise,
Mag lähmender Gewöhnung sich entraffen.
Es wird vielleicht auch noch die Todesstunde
Uns neuen Räumen jung entgegen senden,
Des Lebens Ruf an uns wird niemals enden,
Wohlan denn Herz, nimm Abschied und gesunde!

Es ist die bekannte Situation, dass ein Kind einen „brotlosen"
Beruf ergreifen will, aus elterlicher Beratung und aus praktischen
Erwägungen dann doch Medizin studiert, weil es ja gerade passt
und ausreichend Kohle verspricht. Anerkennung kommt dann ja
auch dazu. Aber soweit muss man ja nicht gleich denken. Ich kann
im Grunde bei vielen Handlungen hinterfragen, warum tue ich es
wirklich? Weil ich es will, oder weil es mir sonst nützlich ist. Oder
besser, was ist das, was am meisten im Augenblick angemessen ist.
Und je mehr ich mich einfühle, desto mehr verstehe ich auch warum
ich etwas wirklich tue. Und das ist dann der Punkt, an dem ich
zunehmend auf intuitiver Basis entscheide als rational. Ich habe das
Kapitel Freiheit genannt, weil ich damit die Freiheit der Entscheidung
meine. Letztendlich ist es vielleicht eine Freiheit, meinen Gefühlen
zu vertrauen und zu mir „ja" zu sagen. Auch wenn es im Äußeren
manchmal „negative" Auswirkungen hat und ich durch diese
Entscheidung etwas verliere oder auch ein schlechteres Ansehen bei
anderen Menschen bekomme, sollte ich Dinge tun, wenn sie für mich
richtig sind. Es ist natürlich klar, dass viele Entscheidungen nicht so
glasklar sein können. Rational gibt es immer verschiedene Ebenen
der Entscheidungsfindung die sich durchaus widersprechen können.
Und dann ist es gut, wenn man zu der Entscheidung kommt, die am
meisten angemessen. Freiheit heißt hier, möglichst wenig Rücksicht
auf sogenannte Sekundärgewinne wie Macht, Einfluss und Gewinn
zu nehmen, möglichst nah an meiner authentischen Entscheidung zu
sein. Vieles wird in Kapitel Wahrheit eine Rolle spielen.

REGULATION / AUSGLEICH

Ein Aspekt, den ich über die chinesische Philosophie/Medizin in besonderem Maße gelernt habe ist, dass sich alles ausgleicht.

Wie es in den Wald schallt, so kommt es wieder heraus.

Die westliche Medizin und die chinesische Medizin gehen beide davon aus, dass alle Funktionen des Körpers reguliert werden. Bei der Entstehung eines Symptoms ist davon auszugehen, dass die regulativen Kräfte aufgrund einer Störung versagen. In der chinesischen Medizin werden verschiedene Ebenen der Regulation untersucht und finden in der Erhebung des vegetativen Status ihren Niederschlag. Wie es über die Rhythmik der Wandlungsphasen, im Besonderen in der Beschreibung der Wandlungen im I Ging beschrieben ist, so kommt nach einem Höhepunkt immer ein Abfall. Ein Höhepunkt kann nicht immer bleiben, das wissen wir aus Erfahrung sowieso, die „andere Seite" zieht in ihre Richtung. Diese Grunderfahrung spiegelt sich in gesellschaftlichen, in persönlichen Bereichen sowie im Mikrobereich unseres Körpers. Um mit unserem Körper anzufangen: Jeder hat die Erfahrung gemacht, dass auf eine Erkältung (Einfluss von Kälte auf unseren Körper) der Körper mit Hitze reagiert. Auch wissen wir, dass wenn die Schleimhäute trocken werden, der Körper nach Flüssigkeit verlangt. Der Flüssigkeitshaushalt meines Körpers wird automatisch reguliert von Hormonen, vom vegetativen Nervensystem und von der Niere. In diese automatische augenblickliche Regulation kommt außerdem das Erfahrungswissen. Wenn ich mich aufmache und eine

Regulation / Ausgleich

Wanderung durch die Wüste machen will, dann weiß ich, dass ich Flüssigkeit mitnehmen muss, um zu überleben. Aus besagten Gründen der Regulation neige ich dazu, Patienten keine Vorgaben zu machen, wieviel sie trinken sollten. Sie werden es selbst merken. Außerdem ist jeder Körper anders. Manche Menschen brauchen wenig Wasser. Zum Beispiel wird ihre Niere den Urin stärker konzentrieren. Und das ist ja nur ein kleiner Teil. Die Wasserregulation ist ein überaus komplexes Thema, an dem verschiedene Organe beteiligt sind. Ein Problem dabei ist zum Beispiel, dass das Salz häufig als etwas zu Vermeidendes beschrieben wird. Mit einem hohen Blutdruck in Verbindung gebracht, wird in manchen Altenheimen das Essen relativ wenig gesalzen. Und was passiert? Die Menschen haben keinen Durst. Umgekehrt ist wohl dem Leser klar, wenn er zum Beispiel am Abend eine recht gut gesalzene eine Pizza gegessen hat, er selbst in der Nacht den Gang zum Kühlschrank antreten wird, weil über das vermehrte Salz (vermehrter osmotischer Druck mit Austrocknung der Schleimhäute) Durst entsteht. Und dasselbe spielt sich auf den feineren Ebenen genauso ab. Zum Beispiel ist es so, dass das Gerinnungssystem dauernd aktiv ist. Es werden dauernd quasi Thrombosen gebildet, die sofort wieder aufgelöst werden. Es ist ein dauerndes Wechselspiel. Eine Thrombose entsteht erst dann, wenn zusätzliche (und dann krankmachende) Faktoren hinzutreten. Genauso ist es mit Tumorzellen. Auch sie entstehen dauernd, werden aber sofort wieder eliminiert.

Wenn ich begreife, dass das Prinzip der Regulation ein Naturprinzip ist, dann nehme ich an, dass es auf anderen Ebenen genauso ist. Wie in dem Kapitel über chinesische Medizin dargestellt, geht es in Wandlungsphasen nicht nur um Agentien (Hitze, Kälte, Wind....), sondern auch um Emotionen. Und wenn diese nicht im harmonischen Fluss sind, kommt es zu Störungen/Blockierungen, und diese äußern sich dann irgendwann auch körperlich. Wie gerade oben dargestellt, sind diese Störungen dann die krankmachenden Faktoren, die in einem System dysregulierend wirken, so dass es dann zur Ausbildung zum Beispiel einer Thrombose/eines Tumors kommt.

Hier besteht dann eine Möglichkeit, mit Hilfe der chinesischen Medizin schneller auf den emotionalen Hintergrund einer Erkrankung zu kommen. Denn eine Erkrankung kommt nie aus heiterem Himmel. Sie hat immer etwas mit uns zu tun. Ich erinnere mich an eine Patientin, deren Wunde am vierten Zeh einfach nicht abheilte. Es ist klar, dass hier eine hintergründige Störung vorliegt. Da die Wunde auf der Leitbahn Gallenblase liegt, fragte ich die Patientin, ob sie zur Zeit unter besonderem Stress/Ärger litte. Bingo. Ich erläuterte den Zusammenhang, und nach einiger Zeit war die Wunde verheilt. Sie hatte verstanden, dass sie auch mit ihrer Lebenssituation anders umgehen musste. Häufig kommen Patienten mit Schulterschmerzen in die Praxis, ohne dass ein Trauma, eine Überlastung stattgefunden hat. In der konventionellen Diagnostik kommt dann oft raus: verschlissen, Arthrose, Entzündung von Sehnen. Aber, eine Arthrose ist eine Entwicklung von vielen Jahren. Warum kommen jetzt die Schmerzen? Von den Leitbahnen finden wir hier vier verschiedene: Lunge und Dickdarm (Wandlungsphase Metall, Emotion der Trauer/ Depression) und Herz und Dünndarm (Wandlungsphase Feuer, Emotion der Freude). Je nachdem wo und wie die Schmerzen am stärksten sind, frage ich dann nach dem emotionalen Hintergrund.

Ich bin der tiefen Überzeugung, dass so jedes Symptom eine Bedeutung hat. In der Kürze der Zeit in einer Praxis kann ich solche Themen eigentlich nur andeuten. Die wirkliche Arbeit beginnt dann für den Patienten, in die Innenschau zu gehen, gegebenenfalls Hilfe dafür in Anspruch zu nehmen. Auch Akupunktur ist hier eine gute Unterstützung, im eigentlichen und im übergeordneten Sinne (siehe dort). Ein Schlüsselerlebnis hat mich selbst auf die Spur gebracht. In der Zeit, in der ich in der Anästhesie im Krankenhaus gearbeitet habe, entwickelte ich ein Zwölffingerdarmgeschwür. Es ging mir nicht gut, ich nahm die Tabletten, wie's halt so üblich ist. Irgendwann fragte ich mich, ob ich die Tabletten immer so weiter nehmen müsste. Ich begann in Meditation und Gebet mich/Gott zu fragen, was das bedeuten würde. Über den Zeitraum von bestimmt anderthalb Jahren habe ich zwar immer wieder neue Erkenntnisse gewonnen, das Hauptproblem aber nicht gelöst. Diese Erkenntnis kam dann, ich hatte inzwischen in die Chirurgie gewechselt, während einer Operation, in der ich als Hakenhalter assistierte. Ich erkannte eine Situation, die ich eigentlich vorher schon gewusst habe, aber eben nicht erkannt hatte. Es ging um eine Beziehungssituation. Für mich folgerichtig suchte ich einen Priester auf, dem ich vertraute, erzählte alles, was ich wusste, und bat um Heilung. Diese ist mir gegeben worden, denn seitdem hatte ich keine Beschwerden mehr.

Eine Situation, die häufiger in der Praxis vorkommt: Wenn Patienten mit Scheinsymptomen eine Arbeitsunfähigkeitsbescheinigung erlangen möchten. Ich kann nicht anders, als den Patienten so nehmen wie er ist, d.h. ich nehme ihn ernst. Es gibt durchaus Situationen, in denen ich meine Gedanken verbalisiere. Heute weiß ich, dass das, was ein Mensch tut, sich in seinem Leben auch regulieren wird. Das ist dann nicht mehr meine Baustelle, sondern in seiner Verantwortung. Und der Ausgleich wird kommen.

Auf einer höheren Ebene wird es durchaus diffiziler: Wenn ich immer nur andere Menschen übervorteilen will, so wird es nach diesen Vorstellungen irgendwann dazu kommen, dass ich das auch wieder verliere. Oder als andere Vorstellung: Wenn ich immer/oft schlecht mit anderen Menschen umgehe, dann könnte es sein, dass auch nahestehende Menschen das irgendwann zu spüren bekommen, und dann wird man einsam. Von außen gesehen ist das sicherlich manchmal nicht nachzuvollziehen. Aber von innen sieht es manchmal ganz anders aus, das habe ich oft genug in der Praxis erfahren. Zum anderen glaube ich, dass die Ausgleichszeiträume durchaus über sehr lange Perioden gehen können, aus meiner Vorstellung auch über das jetzige Leben hinaus.

Regulation / Ausgleich

Wer kann von sich sagen, dass sein Leben geradlinig sei. Niederlagen, scheitern von Projekten gehören dazu so wie wir auch Erfolg und Gelingen. Durch Scheitern können manchmal erst neue Dinge erwachsen. Menschen, die Krisen bestanden/überwunden haben, können mit dem Leid anderer Menschen mitfühlender, weil verstehender umgehen. Das Erleben, aus einer Krise erwachsen zu sein, einen neuen Frühling zu beginnen, stärkt den Menschen und erweitert seinen Horizont. Schauen wir uns die Weltgeschichte an, so sehen wir Aufgang und Niedergang von großen Kulturen, von Regierungen. Eine diktatorische Regierung wird notwendig scheitern, weil sie nicht in der Volksseele verhaftet ist. Es ist nicht möglich, sich dauerhaft krampfhaft an der Macht zu halten. Die Gegenbewegung ist automatisch da, eben die Regulation. Das schönste Beispiel ist aus unserer Geschichte ja der Fall der Mauer. Menschen waren nicht mehr zufrieden mit dem, was die Regierung mit ihnen und für sie tat. Im Aufbegehren kam es zum Bruch, zum Glück friedlich. Leider sind Veränderungen in anderen Teilen der Welt und auch in unserer eigenen Geschichte oft mit viel Leid verbunden.

EINZELNE ERKRANKUNGEN

Krebserkrankungen

Immer wieder gehen Schlagworte verschiedenster Gazetten durch die Medienlandschaft wie zum Beispiel: Krebs ist die Geißel Nummer 1 der Menschheit, wann wird der Krebs endlich besiegt? Dem Krebs ein Schnippchen schlagen.

Aus diesen Schlagworten, wie auch viele Menschen es wahrscheinlich denken, ist der Krebs offensichtlich eine Erkrankung, die einen Menschen von außen überfällt und dementsprechend auch kriegerisch bekämpft werden muss. Natürlich sind wir überrascht und erschrocken, wenn die Diagnose Krebs gestellt wird. Und natürlich wird sofort alles getan, um die entarteten Zellen zu bekämpfen mittels Operation, Chemotherapie, Strahlentherapie. Ich würde diesem Vorgehen immer unbedingt zustimmen. Aber, und deswegen schreibe ich auch folgende Zeilen, geht es mir darum aufzuzeigen, dass auch Krebs eine wichtige Information meines Körpers über mein Dasein ist.

Die chinesische Medizin als eine energetische Medizin beschreibt die Entstehung des Krebses folgendermaßen:

Erste Phase: Es kommt zu einer leichten Störung des Flusses der Energie/des Blutes/der Flüssigkeiten. Ein Fluss kann nur dann fließen, wenn er genug Energie hat, d.h., eine ausreichende Fülle hat. Wenn die

Energie im Gewebe versagt, dann kann man sich vorstellen, dass die materiellen Substanzen, die der Fluss mit sich bringt, sich im Gewebe anhäufen. Über die inneren und äußeren Agentien/Störungen, wie sie in der chinesischen Medizin beschrieben sind, können weitere Faktoren gezeigt werden, die den Energiefluss behindern, und damit zu einer Anhäufung von materieller Substanz im Gewebe beitragen. Siehe Kapitel chinesische Medizin.

Zweite Phase: Die Anhäufung von materieller Substanz ist inzwischen so groß geworden, dass sie als Tumor fühlbar wird (Tumor im medizinischen Sinne ist jede Form einer Schwellung d.h. auch ein Abszess oder eine Warze). Dieser ist jedoch rund und verschieblich.

Dritte Phase: Der Tumor wird immer fester, unregelmäßiger und unverschieblich. Hier sind Kriterien einer Bösartigkeit zu finden. Das Zellsystem ist entartet, eine Gegenregulation findet nicht mehr statt. Die Zellen wachsen ungehemmt und verbreiten sich.

Da bei chronischen Erkrankungen, und Krebserkrankungen sind dies ja auch, immer auch innere Faktoren eine Rolle spielen, und ich denke dass das der wichtigste Teil ist, lohnt sich ein besonderer Blick hierauf. Im Rad der Wandlungsphasen ist hier besonders der Blick auf folgende Aspekte wichtig:

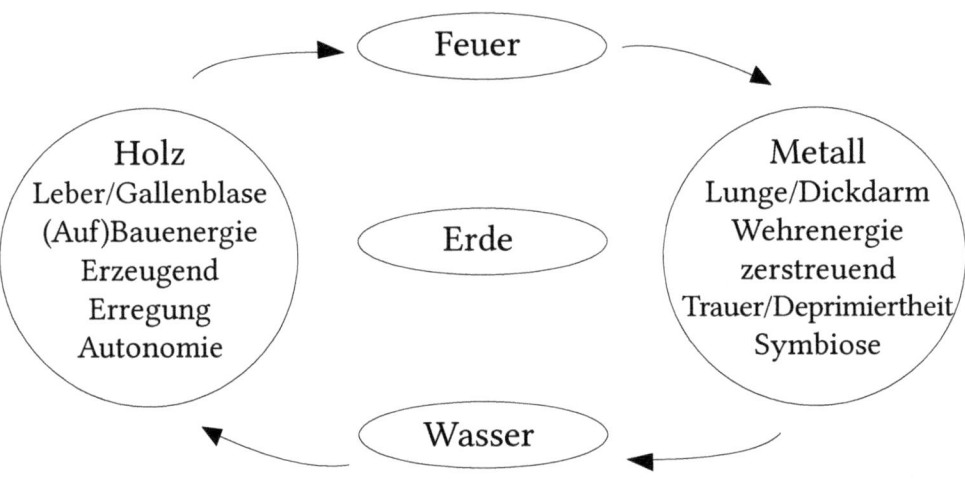

Die Aufbauenergie ist wesentlich der Wandlungsphase Holz zugeordnet, die Zerstreuung dieser Energie der Wandlungsphase Metall. In der Balance dieser Wandlungsphasen können wir erkennen, dass die dazu gehörenden Emotionen und in der Weiterführung die Stellung des einzelnen Menschen im Beziehungsgeflecht der Gesellschaft zu finden sind (Autonomie, Symbiose).

Kleiner Exkurs: Von der Charakterisierung der Wandlungsphasen finden wir in der Phase Holz denjenigen, der seine inneren Impulse übermäßig artikuliert. Hier finden wir den Anführer einer Gruppe, den Befehlshaber. In der Tendenz ist das auch derjenige Typus, der relativ unabhängig von anderen seinen Weg geht (Autonomie). Anders in der Wandlungsphase Metall, in der diejenigen Menschen zu finden sind, die eine Gruppe zusammenhalten, für sie sorgen und dafür eine hohe Sensibilität haben. Die gegenseitige Befruchtung der Gruppenmitglieder haben für sie einen hohen Stellenwert (Symbiose).

In der Diskussion um die Entstehung von Krebs geht es dann häufig um die Balance zwischen diesen beiden Phasen. Alleine von der Energetik sind in diesen Phasen ja schon einige Organe genannt, die betroffen sein können. Insofern ist zum Beispiel ein Bronchialkarzinom ein Tumor, der in der besprochenen Energetik mit dem Thema Traurigkeit, loslassen können, Verlust der Gruppe einhergeht. Neben der Phasenzugehörigkeit ist auch der Ort der Entstehung des Tumors von Bedeutung. Zum Beispiel finde ich manchmal Frauen, die nach einer Trennung/Scheidung einen Brusttumor entwickeln (im oberen äußeren Quadranten der Brust finden wir die Lungenleitbahn wieder). Der Zeitpunkt der Entstehung kann durchaus mit einer Latenz von Jahren einhergehen. In dieselbe Thematik passt auch ein Tumor des Dickdarms. Auch die Haut ist ein Organ, dass der Wandlungsphase Metall angehört, und folglich auch mit diesen Themen konfrontiert wird. Es wird seinen feineren Sinn haben, warum sich ein Tumor bei entsprechender Disposition in der Lunge, auf der Haut, im Dickdarm entwickelt. Experten mögen weitere Erklärungen geben können, wichtig ist jedoch das Bewusstsein, dass über diese Betrachtungen schon einmal eine emotionale Richtung gesehen werden kann.

Ein Problem der Erklärung wird dann zu finden sein, wenn diese Emotionalität nicht zu sehen ist. Dem kann ich nur entgegnen, dass unser Bewusstsein nur eine beschränkte Sicht unseres Daseins erlaubt. In tieferen Schichten unserer Seele/unseres Daseins gibt es Energiekomplexe, die sich dennoch so äußern können, obwohl unser Bewusstsein sie nicht wahrnimmt. Zum Beispiel sind bei Kindern bewusste emotionale Dysbalancen nicht wirklich zu erwarten. Aber als sehr sensible Seismographen können sie durchaus Energien der Kleingruppe/Familie auf sich beziehen und erkranken. (Siehe hierzu: Familienenergien/Familienaufstellungen). Auch ein weiterer Punkt: Wie schon oben dargelegt, ist es für mich plausibel, dass unsere Seele, so wie sie sich durch die Vereinigung von Ei und Samenzelle inkarniert, schon aus dem Vorleben, wo und wie das auch immer gewesen ist, aggressive Energiekomplexe mitbringen kann, die sich zum Beispiel in einem bösartigen Tumor äußern können.

Im Fazit aus dem oben Gesagten ist zu konstatieren, dass der Krebs nicht ausrottbar ist, solange das Leben am Leben vorbei geführt wird. Mehr dazu im Kapitel: Was tun?

Amyotrophe Lateralsklerose

Bei dieser schweren Erkrankung kommt es zu einer Degeneration der Motorneuronen mit der Folge der zunehmenden Erschlaffung der Muskulatur bis hin zu Bewegungslosigkeit. Vorher noch nie mit dieser Erkrankung in Berührung gekommen, habe ich allein in den letzten zwei Jahren drei Patienten bis zum Tod begleitet. In der Dramatik des Geschehens (zweimal habe ich die Beatmungsmaschine abgestellt, die den Patienten am Leben erhielt, und einmal hat der Patient eine künstliche Beatmung abgelehnt und ist mit medikamentöser Hilfe eingeschlafen.) bin ich besonders berührt und herausgefordert worden. Es waren auch für mich extreme Belastungen, unter Narkosebedingungen den Tod einzuleiten.

Da ich überzeugt bin, was aus dem bisher Gesagten ja auch erkennbar ist, dass alles seinen Sinn hat, habe mir zu dieser Situation Gedanken gemacht, dass der körperliche Ausdruck der Erkrankung ein erhebliches seelisches Problem widerspiegeln muss. Bei allen drei Patienten waren Explorationen und therapeutische Interventionen nicht mehr möglich. Vom Bild her sehe ich, indem ich die chinesische Medizin zu Rate ziehe, dass die Muskulatur, damit der Erregungsimpuls, etwas zu unternehmen, zur Wandlungsphase Holz gehört. Und hier liegt offensichtlich die schwere Störung. D.h., die ureigenen Impulse, die sein Leben ausmachen, wurden zerstört. Man könnte auch sagen, die Person/der Wille ist gebrochen worden.

In der Trauerfeier eines Patienten, an der ich teilgenommen habe, erzählte mir seine Exfrau die Lebensgeschichte des Patienten. Als ich dann hörte, dass er unter anderem fünf Jahre in DDR-Haft gesessen hat, weil er die Ausreise beantragt hatte, begann ich zu ahnen, was mit diesem Menschen geschehen sein muss. Diese tiefe Verletzung hat möglicherweise entscheidend mit dazu beigetragen, dass die Erkrankung entstehen konnte. (Die Autorin Carmen Rohrbach beschrieb die Verhältnisse in DDR Gefängnissen, die sie selbst als Inhaftierte erlebt hat. Und sie beschreibt, wie mit Menschen umgegangen wurde, wie sie gebrochen wurden. Sie selbst, als starke Persönlichkeit hat sich nicht „brechen" lassen) (13). Dies mag als eine vorsichtige Annäherung an die Energetik einer Erkrankung gesehen werden. Die Variationsbreite/Individualität ist sehr groß, aber das Grundprinzip ist dasselbe.

Neurodermitis

Es handelt sich um eine weitverbreitete chronische Hauterkrankung mit wesentlich entzündlicher Komponente. Durch die Entzündung (Feuer verdampft Wasser) kommt es zur trockenen und empfindsamen Haut, teilweise rissig, bei schwerem Ausprägungsgrad auch blutig. Allergische Komponenten werden oftmals diagnostiziert. In der chinesischen Medizin gehört die Kontrolle der Haut zu Lunge und Dickdarm (Wandlungsphase Metall). Die dazugehörige Emotion ist die Trauer/Depression. Natürlich sind auch alle anderen Wandlungsphasen mitbeteiligt, aber hier liegt der Hauptakzent. Insbesondere in der Achse zu Holz (Erregung/Wut) spielt sich viel an Symptomen an der Haut ab. Trockene Haut = Säftemangel; rote Haut = Hitze (Hepatizität); Juckreiz = Wind, Pappeln und Schwellungen = Feuchtigkeit (Mittenschwäche); Pusteln/Eiter = feuchte Hitze. Natürlich wird auch in der chinesischen Medizin die Haut behandelt. Ein wesentlich anderer Akzent ist jedoch der, dass hier mittels Kräutertherapie das innere Milieu verändert wird, um die Hitze, den Säftemangel, die Feuchtigkeit zu behandeln. In der chinesischen Pulsdiagnostik finde ich auch fast immer eine Veränderung des Lungenpulses. (Akupunktur hat zunächst hier einen nachrangigen Platz) Als ich einmal einer Patientin mit Neurodermitis eine chinesische Diagnostik anbot, und dann ihre Lebensgeschichte hörte, empfahl ich ihr dringend, den inneren Seelenbewegungen nachzugehen und sich Hilfe zu holen, um diese Komplexe zu lösen. Denn sie berichtete, dass die Hauterscheinungen anfingen, sie war selbst 16 Jahre alt, als die Eltern sich trennten (Trauer, Wut). Wenig später war sie auch in Behandlung wegen Depression. In ihrer Hilflosigkeit war die körperliche Reaktion und Ausbildung der Neurodermitis der offensichtlich adäquate Weg. In der weiteren Entwicklung (ich mag das Wort Therapie in solchen Kontexten nicht wirklich) wird die Patientin zu ihren eigenen Gefühlen nochmals Kontakt aufnehmen, sollte dann die Verantwortung für das Geschehen an ihre Eltern abgeben, wohin es gehört.

Das aber im Respekt und in der Achtung, in der Liebe zu ihnen.

In der Betrachtung der Haut als Organ können wir sowieso feststellen, dass es die Grenze unseres Körpers darstellt, als auch die Grenze zu unserer Umgebung, im übertragenen Sinne auch zu anderen Menschen. Meist handelt es sich auch um Menschen, die sehr sensibel sind (die Haut ist durchlässig). Die hohe Sensibilität hat dann den Nachteil, dass sie zwar mehr Mitgefühl haben, aber auch darunter mehr leiden als andere Menschen. Wenig Antwort habe ich besonders bei Säuglingen, die schon seit Geburt an dieser Erkrankung leiden. Hier spielen dann ähnliche Faktoren eine Rolle, die entweder im Embryonal- oder Fetalstadium eingewirkt haben, oder aus Bewegungen, die das Kind in die verschmolzene Eizelle mit eingebracht hat.

Morbus Crohn

Es ist eine chronisch entzündliche Erkrankung des Dünndarms. In der chinesischen Medizin betrifft es häufig Menschen mit einer kardialen Konstitution und mit schwachem Yin. (Kardiale Konstitution: lebhaft, kreativ, künstlerisch, spontan). (Schwaches Yin = schwache Grundenergie: siehe Kapitel chinesische Medizin). Da es sich um eine entzündliche Erkrankung handelt (Hitze), spielen hier Faktoren wie erhöhtes Leberfeuer und Feuer an sich eine Rolle. Unterdrückte ira (Erregung) ist hier eine maßgebliche Stauchung, die zu Hitzesymptomen führen kann. Ein Positivbeispiel war eine Patientin, die die Erkrankung mit 18 Jahren bekommen hatte. Im Laufe der Therapie begegnete sie einer Oberärztin, die eigentlich in einem Nebensatz bemerkte: „Jaja, der Mutterkomplex". Das hatte die Patientin nicht mehr losgelassen, sie hat sich auf mehrfache Therapieformen eingelassen, hat viel Geld und Zeit investiert, und ist jetzt seit 20 Jahren frei von dieser Erkrankung.

Prämenstruelles Syndrom

Viele Frauen leiden unter dem sogenannten prämenstruellen Syndrom. Sie haben ziehende, teilweise krampfartige Schmerzen während der Regelblutung. Aus dem vorgenannten Satz sind schon die unterschiedlichen Ansätze nach chinesischer Medizin erkennbar. Die Eierstöcke und die Gebärmutter gehören als Reproduktionsorgane zur Wandlungsphase Wasser. Organe, die hierher gehören, sind besonders empfindlich gegen Kälte. Siehe auch Nieren und Blase. Ziehende Schmerzen entstehen auf der Grundlage einer Kälteeinwirkung, und sind deswegen vorwiegend mit Wärme zu behandeln. Wie auch schon mehrfach erwähnt, ist manchmal auch ein Yin Mangel das Grundproblem, warum eine Phase so empfindsam geworden ist. Yin-Mangel-Menschen (hagere, dünne Menschen) haben einfach häufiger ein Kälteproblem. Die mittelfristige Therapie wird dann sein, das Yin mit entsprechender

Ernährung/Kräutertherapie zu verbessern. Die emotionale Einwirkung (Angst) würde ich hier als sekundär bezeichnen. Anders dagegen bei krampfartigen Schmerzen, die ja einen Holzaspekt in die Wandlungsphase Wasser einbringen. Krämpfe, hohe Anspannung, unterdrückte Konflikte sind die emotionalen Faktoren, die hier eine Rolle spielen. Viele Frauen haben in dieser Phase auch Kopfschmerzen/Migräne. Das entspricht derselben Konstellation. Natürlich wird man hier zunächst auch mit Akupunktur/Kräutern/Ernährung die Behandlung beginnen. In der Gesamtschau der Verhältnisse muss dann die weitere Vorgehensweise zum Beispiel auch anhand der Zungen- und Pulsdiagnostik geplant werden.

Hypertonie

Einige Aspekte habe ich schon in den Kapiteln über unsere westliche Medizin anklingen lassen. Dies ist ein sehr häufiges Thema in meiner Hausarztpraxis. Und jedes Mal gilt es, nach Feststellen eines manifesten hohen Blutdruckes, zunächst einmal nach Gründen und Erklärungen im Leben des Patienten zu suchen. Es ist keine Frage, der Druck ist einfach erhöht. Als Abbild des Lebensprozesses ist dann auch sofort klar, dass im Leben des Patienten zu viel Druck bringende Faktoren sind. Ob ich das chinesisch ausdrücke mit erhöhter Holzaktivität (zu viel Leberyang) oder in unserer medizinischen Nomenklatur (erhöhte Aktivität des Sympathikus, vermehrte Ausschüttung von Adrenalin, Noradrenalin, Cortison (Stresshormone), es muss etwas getan werden. Je nach Höhe des Blutdruckes wird gegebenenfalls sofort eine medikamentöse Therapie begonnen, allerdings mit dem Hinweis, dass dies möglichst nur eine vorübergehende Phase sein sollte. Mit Blutdruckmedikamenten wird ein Symptom, das mein Körper zeigt, behandelt. Wir sollten die Ganzheit nicht außer Acht lassen. Denn es geht primär darum, die Lebenssituation zu analysieren und neue Akzente zu setzen. Es sollte nie darum gehen, auf einmal sein ganzes Leben umzukrempeln. Alles, was zu schnell geht, hat häufig auch keine richtige Bodenhaftung und verliert deswegen bald an Kraft, und der Effekt verpufft. Also lieber langsam anfangen, mehr Ruhe ins Leben reinbringen, und die Probleme, die sich aufzeigen, möglicherweise mit Hilfe angehen. Das ist manchmal schon nicht wenig Aufwand, wenn ich oft höre, wie stark Menschen eingebunden sind. Aber es hilft ja alles nichts, der Körper ruft nach Veränderung, also muss ich dem stattgeben. Ich weiß auch, dass es manchmal sehr schwierig ist, wenn ich bedenke, mit welcher manchmal zunehmenden Arbeitsbelastung Menschen zu kämpfen haben. Aber es gibt ja auch zunächst die Möglichkeiten, zumindest seinen privaten Freiraum ruhiger zu gestalten. Lernen, präsent zu sein (siehe dort). Auch können Entspannungstechniken wie autogenes Training, Zilgrei, Qigong, Taichi, Yoga und viele andere helfen, zu seiner Mitte zu finden. Und irgendwann sollte sich das auch äußerlich in einem niedrigeren Blutdruck bemerkbar machen. Da allein die Entwicklung bis zur Diagnostik des erhöhten

Blutdruckes meist schon viele Jahre dauert, darf man nicht erwarten, dass sich schnell ein Effekt einstellt. Mit Beharrlichkeit und Konsequenz ist der Erfolg sicher.

Ich habe gelernt, mir manchmal anhand des Bildes der Erkrankung vorzustellen, was für eine Bedeutung diese Erkrankung haben mag. Wenn ich mir zum Beispiel die Erkrankung der Verstopfung anschaue, so wird Fertigverdautes zurückgehalten. Ist es Unrat, der zurückgehalten wird? Kann etwas nicht losgelassen werden? Ein anderes Beispiel: Kopfschmerzen. Gibt es etwas, was mir Kopfschmerzen bereitet? Wo ist der Druck zu hoch? Welche ungelösten Konflikte gibt es? Was schleppe ich mit mir herum? Und so gibt es viele Fragen, denen eifrig nachzugehen sich lohnt.

Schlaflosigkeit

Im Grunde kann der Leser schon selbst ermessen, nach einigen Beispielen, die oben genannt wurden, wie die Befundkonstellation hier sein wird. Klar ist, die Aktivität ist zu groß, das Einsinken in die Ruhe gelingt nicht richtig. In der Balance von Yin-Yang/Ruhe-Aktivität/Parasympathikus-Sympathikus ist ein Ungleichgewicht eingetreten. Entweder die Aktivität ist zu hoch, oder auch, die Ruhe ist zu wenig. Viele kennen es wohl auch, wenn sich das Gedankenkarussel nicht abstellen läßt. Mit Aktivität ist nicht nur die Quantität der Aktivität gemeint. Wir kennen es manchmal nur zu gut, dass ein falsches Wort, uns gesagt oder von uns ausgesendet, uns manchmal nachläuft. Oder Konflikte lassen uns nicht ruhen. Ein Aspekt, den ich über Energetik der chinesischen Medizin kennengelernt habe, ist, dass das Yin eine positive Kraft ist, das heißt, eine Stärke. Stärke in Form von materiell gebundener Energie als Gewebe des Körpers. Nach der chinesischen Vorstellung entsteht das Yang, die Aktivität aus dem Yin. Wenn das Yin schwach ist, bzw. wenn das Yang, die Aktivität zu stark ist, dann kommt es zu einem größeren Verbrauch des Yin, es wird kleiner. Das natürliche Widerlager, dass das Yang hält, kann dies immer weniger halten. In der Folge hebt das Yang ab, die Gedanken können sich nicht absenken. In der Konsequenz aus dem Gesagten geht es also darum, entweder das Yang zu reduzieren, Konflikte beizulegen, oder eben das Yin zu stärken. Neben Erhöhung der Ruhephasen kommt hier der materiellen Energiezufuhr (Ernährung, Kräuter (siehe dort)) eine besondere Rolle zu. Dies ist sicherlich ein schwierigerer Weg, als einfach ein dämpfendes Medikament am Abend einzunehmen. Für Akutsituationen finde ich die Option einer Medikamenteneinnahme durchaus gut, für längerfristige Behandlungen eher fragwürdig. Leider erlebe ich nicht selten schon Kinder/Jugendliche mit diesen Problemen in meiner Praxis. Figurbetontes Minimalessen und leider häufig kein Frühstück, viel Lernen, häufiger Medienkonsum sind aus meiner Sicht wesentliche Gründe dafür.

Unverträglichkeiten

Leider kommen die Situationen häufiger vor, dass es Patienten allgemein nicht gut geht, dass es häufig zu diffusen Bauchbeschwerden kommt, bis hin zu starken Erschöpfungszuständen. In solchen Fällen finden sich nicht selten Unverträglichkeiten von Gluten/Laktose/ Fruktose. Ohne auf die einzelnen Unverträglichkeiten im Detail einzugehen, möchte ich feststellen, dass es ja alles Beschwerden bei der Nahrungsaufnahme sind. Bestimmte Substanzen werden nicht mehr vertragen und führen beim Weglassen derselben zu einer Besserung der Symptome. In der Folge entwickelt sich häufig eine detaillierte Detektivarbeit, auf welche Substanzen der Körper noch reagiert, und der Möglichkeiten gibt es wahrlich viele. Das durchaus Problematische ist, dass auch dieses Spektrum Änderungen unterworfen ist. Im Grunde verständlich ist, dass es diese Unverträglichkeiten nicht immer gab, denn irgendwann haben die Symptome ja angefangen. Und wie schon häufiger vorher frage ich dann, was das für eine Änderung im Leben des Patienten war, in der der Körper angefangen hat, anders zu reagieren. Und wir kommen schnell auf Belastungen, Erschöpfungen. Der Magen als Energieaufnahmeorgan beginnt zu schwächeln, und bei nicht mehr optimaler Energieaufnahme kommt es folgerichtig zu einer Schwächung. In der chinesischen Medizin ist diese „Mittenschwäche" (s. Kapitel chinesische Medizin) auch von zentraler Bedeutung. Von hier aus werden die Organe versorgt, hier ist der Motor für den Energiekreislauf im Körper.

Einzelne Erkrankungen

Immer wenn Organe geschädigt werden, auch emotional, ist die Mitte mit betroffen. In der Behandlung solcher Symptome geht es auch in der chinesischen Medizin zunächst um eine qualitätsmäßig gute Ernährung (siehe dort), und dazu gehört auch meist eine Reduktion des meist zu hohen Konsums von Milch/Milchprodukten, und entsprechender Behandlung der Störung. (Milch ist ein exzellentes Lebensmittel. Aber, nie in der Geschichte der Menschheit haben wir so viel davon konsumiert. „Turbokühe" sind eine Entwicklung unserer Zeit. Und zu hoher Konsum führt auch in der chinesischen Medizin zu einer Überlastung der Mitte mit daraus folgender Tendenz zur Verschleimung). In der Therapie kommt es dann wieder zu einer Stärkung der Mitte, und die Unverträglichkeiten verschwinden wieder. Das ist eine Beobachtung von vielen Patienten, die diesen Weg dann konsequent beschritten haben.

ERNÄHRUNG

I Ging: Hexagramm: die Ernährung. So hat der Edle acht auf seine Worte und ist mäßig in Essen und Trinken. Es ist schon erstaunlich, wie im Hexagramm über die Ernährung zuerst behandelt wird, dass man Acht auf seine Worte haben sollte. Tiefsinnig ist dieses Hexagramm so aufgebaut, dass der obere Teil für die geistige Ernährung steht, der untere Teil für die materielle Ernährung. In der Dualität der Dinge, im Geist-Körper-Kontinuum sind auch hier beide Seiten berücksichtigt. Manchmal habe ich den Eindruck, dass bei uns in Ernährungsangelegenheiten ein ziemlicher Kult um die Art der Ernährung gemacht wird. Wo ist das Bemühen, sich seelisch zu ernähren?

Epheser 4,29: Über eure Lippen komme kein böses Wort, sondern nur ein gutes, das den, der es braucht, stärkt, und dem, der es hört, Nutzen bringt.

Ich habe diese Worte bewusst an den Anfang des Kapitels über die Ernährung gestellt. Wie schon erwähnt wird vielfach versucht, mit speziellen Nährmitteln eine besonders gute Leistungsfähigkeit des Körpers herzustellen. Schlagworte wie Superfood, Nahrungsergänzungsmittel, raffinierte Zusammensetzungen von exotischen Früchten usw. verführen uns oft zum Kauf dieser Nährmittel/Pillen, um besonders gute Wirkungen zu bekommen. Dabei sind alle Stoffe, die wir brauchen in unseren hiesigen Lebensmitteln vorhanden. Zum Anderen: Die Gewichtung, das was in der Ernährung notwendig und wichtig ist, wird meines Erachtens sehr stark verschoben in Richtung der materiellen Ernährung. Nicht nur mindestens so wichtig, im Grunde wichtiger sind die Dinge, die wir seelisch aufnehmen und auch weitergeben. Junkfood gibt es eben nicht nur im Essen, sondern auch im Fernsehen, in Heften, in manipulativen Menschen. Über dieses Thema werde ich später noch ausführlicher schreiben.

Und nun zurück zur Ernährung im materiellen Sinne.

Es ist eigentlich sehr einfach: Um zu leben, müssen wir uns ernähren. Was so einfach beginnt, kann aber auch sehr schwierig werden, wenn die Menschen darüber streiten, wie sie sich ernähren sollten. Einfach kann es weitergehen: Das was uns gut tut. Aber hier ist schon ein Problem. Um besser verständlich zu machen, was ich meine, schildere ich den Beginn meiner Beschäftigung mit der Ernährung. Wie schon gesagt, habe ich in 2000 mit der Ausbildung in chinesischer Medizin begonnen. Neben einer mich sehr beanspruchenden Praxis habe ich damals, auch zum Leidwesen meiner Frau/Familie, nicht wenige Wochenenden darauf verwandt, Kurse in Düsseldorf/ Frankfurt und anderen Städten zu besuchen. Als dann noch die Beziehung zu meiner Frau einen Bruch erlitt, war neben körperlicher auch die psychische Destabilisierung Grund für eine zunehmende Kraftlosigkeit, Erschöpfung. Just in dieser Zeit nahm ich an einem Kurs über Ernährung nach der TCM teil. Eigentlich als abzuhakendes Seminar gedacht, waren mir die leidenschaftlichen Ausführungen der Ernährungsberaterin einleuchtend. Ich merkte auf und begann tatsächlich, morgens mir einen Eintopf zu kochen. Ich war über die Maßen erstaunt über die Auswirkung einer Kräftigung und Nachlassen von schweren Augen/Müdigkeit, mit der ich mich manchmal durch die Sprechstunde gequält hatte. Das hatte ich nicht erwartet. Ich „leckte Blut", und begann mich mehr mit dem Thema der Ernährung zu beschäftigen. Ich kann sagen, über den „Umweg" der chinesischen Diätetik habe ich gelernt, die Ernährungsweise unserer eigenen alten Tradition zu schätzen. Auch mein Verhältnis zum Kochen und Essen änderte sich. Über die Grundregeln der Ernährungslehre war ich auf einmal in einer Freiheit, Lebensmittel/Gewürze/Zutaten zu benutzen und zu merken, dass da „fast" immer ein gutes Gericht rauskommt. Ich bekam Lust, neue Gewürze auszuprobieren und der Wirkung des Gegessenen nachzuspüren. Und hier komme ich nochmal zu dem o.g. Satz: Was tut mir denn eigentlich gut? Indem ich auf meinen Körper höre und fühle, ob das Essen mich gut sättigt, ob es mir gut geht, dass ich keine Blähungen bekomme, dass ich nicht unpässlich bin. Wenn das erfüllt ist, dann ist es doch gut. Warum ist das alles nicht so einfach? Weil wir oft eine Vorstellung davon haben, wie gesundes Essen sein soll. Institutionen und „wissenschaftliche" Berichte erklären uns die Wirkungen von Substanzen und wenn wir die nehmen, sei alles in Ordnung. Aber ehrlich gesagt, ich kann einem nicht in wissenschaftlichen Begrifflichkeiten bewanderten Patienten alles erzählen, wenn ich nur meine Meinung ordentlich als Arzt ausführe. Patienten meinen, wir (Ärzte) sollten ja alles wissen, und überhaupt hat unsere Informationskultur einen starken Hang, alles wissenschaftlich erklären zu wollen. Ohne Zweifel sind wissenschaftliche Erklärungen gut und sind auch notwendig für weitere Entwicklungen. In den Augen der Menschen sind Aussagen von Ärzten, am besten von Professoren, an sich glaubwürdig. Das Problem ist nur, dass viele Aussagen nicht wirklich frei sind. (Siehe auch Kapitel Wahrheit) Das ist ein Problem, das ich später näher ausführen werde. Jedenfalls kann ich jetzt schon sagen, dass viele Aussagen, so genannte wissenschaftliche Aussagen über Stoffe, nicht wahr sind. Wenn man wirklich gründlich recherchiert, dann kann man erkennen, dass nur wenige Aussagen einer wirklich wissenschaftlichen Grundlage standhalten.

Um zu den Grundsätzen der Ernährung sich Gedanken zu machen, lohnt sich ein Blick in die Vergangenheit und in andere Kulturen.

Grundsatz eins: Nährmittel werden gekocht. Schau ich nach Afrika, nach Asien, in unsere eigene Vergangenheit, die von der Natur dort gewachsenen Lebensmittel werden mittels Hitze zubereitet. Anders als in der Tierwelt spielt das Feuer eine große Rolle. In dem Streit um die „richtige" Ernährung taucht immer wieder die Meinung auf, dass nicht erhitzte Nahrung wertvoller sei. Ich würde mich verabschieden von dem Gedanken, dass manche Verfahrensweisen wertvoller und andere ärmer sind. Das Problem von Bewertungen werde ich in einem anderen Kapitel noch ausführlicher behandeln. Jedenfalls stelle ich fest, dass, ob in den Tropen oder in der Kälte, gebacken und gekocht wird. Bei den Gelehrten gibt es einen Streit über die Begründungen, warum der Mensch das tut. Die Entwicklung des Großhirns, der erhöhte Bedarf des Gehirns an schnell verfügbaren Kohlehydraten, die Länge des Dünn- und Dickdarms, die Ausbildung des Gebisses sind alle Teil der Argumentationen. Klar ist, dass es durch eine Erhitzung von Lebensmitteln zu einem Aufbrechen von Strukturen kommt (Zellwände), die einen verlängerten Verdauungsakt nicht mehr notwendig machen, und der damit kürzer sein kann. Ein weiterer Vorteil des Kochens besteht darin, dass Kontaminationen (Bakterien, Pilze, Parasiten) dabei abgetötet werden. Und so wie der Mensch über den Tag seiner Arbeit, seinen Verrichtungen nachgeht, reicht eine Mahlzeit am Tag natürlich nicht aus, sie muss nach einigen Stunden erneut zu sich genommen werden.

Grundsatz zwei: Wenn die Menschen aufwachen, nehmen sie eine gute Mahlzeit zu sich. Ist es nicht auch logisch? Nach einer längeren Schlafzeit in der Nacht braucht der Körper erneut Energie, um kraftvoll die Arbeit des Tages zu verrichten. Aus unserer eigenen Volksseele kennen wir den Spruch: Frühstücken wie ein Kaiser, mittags essen wie ein Bürger, abends essen wie ein Bettelmann. Noch einmal: Ich betrachte hier grundsätzliche Verhaltensweisen. Es ist ja klar, dass unsere moderne Welt vieles verändert hat. Und trotzdem, biologisch sind wir Menschen mit einer Ausstattung,

Ernährung

die sich über viele 1000 Jahre entwickelt hat. Und wie ich oben schon selbst beschrieben habe, hat mir selbst die Beachtung dieses Grundsatzes einen gefühlten erheblichen Kraftzuwachs beschert. In der chinesischen Organuhr hat der Magen die Hauptzeit zwischen sieben und neun Uhr, d.h. in dieser Zeit kann dieses Organ am besten arbeiten. In dieser energetischen Sichtweise ist es also plausibel, dass die Hauptmahlzeit am Morgen zu sich genommen wird. Und wenn es nicht gerade die Hauptmahlzeit ist, so wäre zum Beispiel ein gekochtes Müsli, eine Suppe vom Vortag, Milchreis, Grießbrei noch besser, als nur ein Brötchen mit einer Tasse Kaffee zu sich zu nehmen.

Grundsatz drei: Menschen essen die Lebensmittel, die die Natur ihnen in der Zeit zur Verfügung stellt, in der sie natürlicherweise reif werden. In einer groben Betrachtung kann man sagen, dass im Winter bei Kälte mehr Kohl, Gemüse, Kartoffeln, wärmende Gewürze benutzt werden, dass im Sommer eher erfrischende Nahrungsmittel, Obst, Salate gegessen werden.

Auch bezüglich der Nährmittel kann dasselbe gesagt werden wie schon oben geschrieben. Auf der einen Seite kann ich die Inhaltsstoffe einer Kartoffel beschreiben, unsere übliche Sichtweise. Oder ich beschreibe, welche Wirkung eine Kartoffel auf meinen Körper hat (chinesische Medizin). Beide Ansichten sind richtig und ergänzen sich. So ist es aus meiner Sicht durchaus fatal, dass die Frage der

Gewichtszunahme/Übergewicht nur über die der Menge an Kalorien notiert wird. So erlebe ich in der Praxis doch nicht selten, dass Patienten glaubhaft versichern, dass sie weniger zu sich nehmen/ fasten, aber dennoch auf der Waage zunehmen.

Kleiner Exkurs: Wie im Kapitel über chinesische Medizin geschildert, kommt es bei der Schädigung der Mitte (Magen, Milz/Pankreas) zur Ausbildung von überflüssigem Wasser in den Geweben. Schädigung heißt hier: nicht essen, falsches Essen oder zu kaltes Essen. Die Folge ist, dass der Motor, der die Flüssigkeiten im Körper bewegt, nicht mehr richtig funktioniert. Das Wasser bleibt liegen, ohne dass man das zunächst wahrnimmt, und das entspricht dann der Gewichtszunahme. Ich denke, dass zum Beispiel das Essverhalten in den USA hier eine deutliche Sprache spricht. Ich hatte bei meinem Besuch dort den Eindruck, dass der größte Feind der USA die Kalorien sind, denn alle möglichen Fertigprodukte werben damit, wie wenig Kalorien sie enthalten. Trotzdem leben in diesem Land die meisten übergewichtigen Menschen. Ein nicht beachteter Aspekt ist hier eine erhebliche Schädigung der Mitte durch viel kalte Nahrungsmittel (Softgetränke mit viel Eis, Eiscreme, Rohkost). Es ist doch klar, dass allein aus physikalischen Gründen, der Zellstoffwechsel gekühlt nicht so funktionieren kann wie unter wärmeren Bedingungen. Indem ich immer mehr meinem Bauch nachspüre, ob es ihm gut tut was ich esse, empfinde ich heute sehr deutlich, dass mir ein Eis im Mund durchaus sehr gut schmeckt, aber dass das Gefühl im Magen nicht wirklich gut ist. Oft kann ich dem etwas nachhelfen, indem ich einen heißen Tee oder Kaffee dazu trinke. Dann freut sich mein Magen auch wieder. Der Magen mag nie kalt. Aber, der Körper kann auch etliches ausgleichen. Insofern wäre ich auch nicht dafür, warmes Bier zu trinken. Es muss nur in Maßen sein.

Unterschied analytische Sichtweise : energetische Sichtweise

Wie schon im Kapitel Medizin allgemein erwähnt, analysieren wir die Nährmittel nach Inhaltsstoffen. Was enthält eine Tomate, eine Gurke. Da geht es dann um Eiweiße, Kohlenhydrate, Fette, Vitamine, Mineralstoffe. Leider ist es nicht so, dass wir nur eine Tabelle aufschlagen müssen, an der wir die genauen Inhaltsstoffe ablesen können. Bezüglich einer Tomate zum Beispiel kann man sagen, dass sie durchweg X Prozent Wasser, X Prozent Fette usw. enthält. Die Frage der Aufteilung nach Fetten, Eiweißen, Kohlenhydraten, Mineralstoffen, Vitaminen ist eigentlich nur eine sehr grobe Einteilung. Welche Stoffe im Einzelnen sich in den Lebensmitteln befinden, ist zum Teil noch gar nicht erforscht. Die Hälfte der Substanzen, die in einer Kartoffel enthalten sind, sind nicht bekannt. Den exakten Anteil der Substanzen, die in der Tomate sind, die ich vor mir halte, kann ich nicht erfahren. Denn jetzt kommen viele Bedingungen dazu, die diesen Gehalt verändern. Da sind dann im wesentlichen Fragen der Aufzuchtbedingungen, der Nährstoffe, die die Tomate über ihre Reifungszeit bekommen hat, die

Lagerungszeit, die Lagerungsbedingungen (Wärme, Gehalt der Luft). Wenn wir schon analytisch mit der Ernährung umgehen, dann werden wir folglich auch zu einem Standpunkt kommen, in dem wir aufgefordert werden, eine bestimmte Menge von Substanzen zu uns zu nehmen. Das sind dann wiederum Gremien, die solche Empfehlungen ausgeben. An dieser Stelle wäre durchaus zu hinterfragen, welche Meinungen wie in solchen Gremien Einzug finden, aber das wird später erörtert. Es ist ein durchaus kühnes Unterfangen, wenn ich anfange, über Gewicht und Zusammensetzung der Mahlzeiten auf die Menge der aufgenommenen Vitamine, Fette zu spekulieren. Während oben nur der Substanzgehalt der gekauften Tomate diskutiert wurde, geht es ja weiter mit der Behandlung der Tomate bei mir Zuhause. Wie lange lagere ich sie bei welcher Temperatur? Esse ich sie roh, koche ich sie? Welche weiteren Substanzen der Mahlzeit führen zu einer Verbesserung/Verschlechterung der Nahrungsaufnahme? Wenn ich die oben genannten Fragen doch einigermaßen beantworten könnte, so kommt es in der Folge zu erneuten Unsicherheiten. Denn wie ich ein Lebensmittel verdaue, hängt wiederum von vielen Faktoren ab, die durchaus unterschiedlich von Stunde zu Stunde, Tag zu Tag sein können. Habe ich zum Beispiel einen hohen Eisengehalts in meinem Blut, dann wird der Darm automatisch gar nicht so viel Eisen aus dem vorhandenen Speisebrei extrahieren. Habe ich einen niedrigen Eisengehalt, wird er entsprechend mehr Eisen extrahieren. Habe ich eine gute Verdauung (was ist gut?), wird er dann auch eine bessere Leistung erbringen. Zumindest bei dem Thema Durchfall ist dem Leser schon klar, dass der Darm die meisten Substanzen durchschleust und eben unverdaut wieder ausscheidet. Es ist schon klar, dass es hier nur um ganz grobe Betrachtungen gehen kann.

Die Betrachtung der Ernährung nach der chinesischen Medizin orientiert sich viel mehr daran, welche Wirkungen einer Substanz in unserem Körper erzeugt werden. Dazu gibt es im wesentlichen drei Raster:
- zu welcher Geschmacksrichtung gehört eine Substanz? (salzig, sauer, bitter, süß, scharf) (siehe hierzu den näheren Ausführungen im Kapitel chinesische Medizin und unten)
- wärmt ein Lebensmittel oder kühlt es?
- Auf welches Organ hat es eine besondere Wirkung?

Diese Vorgaben empfinde ich etwas praktischer. Und es erscheint mir auch logisch. Wenn wir nun schon vom Kopf aus die Lebensmittel aussuchen, dann erscheint es sinnvoll, dass wenn ich mich kalt fühle, dass ich dann wärmende Getränke oder Lebensmittel zu mir nehmen muss. Genauso würden dann scharfe Gewürze, da sie erwärmend sind, mir gut tun. Im Winter draußen ein Eis zu essen, macht einfach wenig Sinn. (Durch unsere modernen Lebensgewohnheiten und Lebensmöglichkeiten aber haben sich einige Dinge verändert, so kann es trotzdem sinnvoll sein, in einem gut erwärmten Raum ein Eis zu essen. Denn die Kälte ist nur ein geringes Problem, wenn wir weiterhin im temperierten Auto oder auch nur wenig in der Kälte draußen sind.)

Dennoch, wenn ich mich kalt fühle, werde ich versuchen mich innerlich und äußerlich zu erwärmen. In der chinesischen Diätetik gibt es Tabellen, die Lebensmittel danach einteilen, welcher Geschmacksrichtung sie zuzuordnen sind und ob sie wärmend oder kühlend sind. Aber auch hier gibt es verschiedene Schulen. Für die meisten Lebensmittel ist es aber eindeutig, wie sie einzuordnen sind, für andere kommen mehrere Möglichkeiten in Betracht. So ist es ja auch klar, dass durchaus verschiedene Geschmacksrichtungen in einem Lebensmittel vorhanden sein können. Zum Beispiel der süß scharfe Geschmack von Sellerie. Außerdem gibt es ja zum Beispiel auch eher saure oder eher süße Äpfel. Da ist dann manchmal das Empfinden desjenigen gefragt der gerade diesen speziellen Apfel vor sich hat. Der chinesischen Diätetik geht es wesentlich darum, dass in einem Gericht alle Geschmacksrichtungen einen Platz haben. Wenn das der Fall ist, dann ist das Essen harmonisch und ausgeglichen. Den Hauptteil der Nährmittel nehmen die süßen Gemüse oder Früchte ein. Zur besseren Verdauungsleistung sollten jedoch auch Substanzen aus den anderen Geschmacksrichtungen/Wandlungsphasen dazukommen. Und ich kann es wirklich bestätigen. Indem ich diese Methode immer mehr ausprobiert habe, habe ich festgestellt, dass ich mit diesen einfachen Vorgaben sehr schöne einfache Gerichte gezaubert habe, die nicht nur wohlschmeckend sind, sondern mir auch einen spürbaren Kraftzuwachs bescheren. Ein weiterer Punkt betrifft die Zubereitung/ das Kochen an sich. Ich empfinde es als durchaus inzwischen leicht, aus unbehandeltem Gemüse/Obst in recht kurzer Zeit etwas Schönes

Ernährung

zu kochen. Da der Zeitfaktor in unserer Kultur eine große Rolle spielt, werden zunehmend Fertigprodukte angeboten. Um diese jedoch gut zum Verbraucher zu bringen, müssen allerlei Maßnahmen zur Haltbarkeit ergriffen werden. In der technischen Entwicklung der Ernährungsindustrie sind wir heute sehr weit gekommen. Aber, wir verlieren den Überblick über die Zusätze, die einer Mahlzeit beigemischt werden oder wie sie behandelt werden. Und ob das alles letztlich für uns förderlich ist, wage ich zu bezweifeln. Um das Kind nicht mit dem Bade auszuschütten: Es geht nicht um eine Verteufelung dieser modernen Methoden, aber eine gesunde Kritik und Zurückhaltung empfinde ich als angemessen. Außerdem, wenn ich die Lebensmittel im Originalzustand einkaufe, brauche ich mich um solche Dinge kaum noch zu kümmern. Auch, wir werden vielfach getäuscht. Das bekannteste Beispiel ist sicherlich die Vanille. Die Vanille wird als die Königin der Gewürze bezeichnet. Sie hat eine gute Wirkung auf die Mitte (Magen/Milz/Bauchspeicheldrüse). Wenn wir nun einen Vanillepudding im Supermarkt kaufen, dann finden wir meistens ein Vanille-Aroma vor, das nach Vanille schmeckt. Unserem Gaumen ist das sicher sehr angenehm, aber die Wirkung des Gewürzes der richtigen Vanille werden wir nicht erleben können, denn es ist eine andere Substanz. Das am häufigsten vermarktete Aroma ist das Rindfleischaroma. Das macht schon sehr deutlich, dass Rindfleisch oft mittels dieses Aromas upgegradet/aufgewertet wird, um besser verkauft zu werden. Die Verkaufszahlen des Geschmacksverstärkers Glutamat (einer von vielen Geschmacksverstärkern) sprechen für sich.

Oben genannte Praktiken finden ja wesentlich statt, weil wir als Kunden möglichst wenig Geld für ein gutes Essen ausgeben wollen. Ich glaube, dass wir nicht umhin kommen zu erkennen, dass es nur im Austausch echter Werte zu einem guten Leben kommen kann. Für gutes Obst, Gemüse (ohne Manipulation/„Upgrading") sollte auch ein angemessen guter Preis gezahlt werden. Auf allen Ebenen sollten faire Beziehungen zwischen allen Handelskettenmitgliedern angestrebt werden. Aber, wie es bei uns zugeht, kämpfen verschiedene Lobbys um möglichst gute Pfründe für ihr Klientel. Das geht hin bis zur Ausbeutung von Menschen, besonders wenn wir uns die Beziehungen zwischen der westlichen und der Dritten Welt anschauen. In diesem Zusammenhang geht es auch um eine Ethik der Ernährung. Ethik auf der einen Seite über die Verkaufsbeziehungen (Achtung des Produzenten, Achtung des Verkäufers und des Anbieters). Auf der anderen Seite geht es um eine Ethik gegenüber den Lebensmitteln an sich. Das was ich zu mir nehme, sollte möglichst naturnah ohne viel Zerstörung der Umwelt gewachsen sein. Auch andere Umstände, wie zum Beispiel ein langer Transport von der anderen Seite der Erde, sind zu hinterfragen. Müssen es wirklich Äpfel aus Neuseeland sein, oder Erdbeeren aus Kenia, im Grunde zur Unzeit zu uns geliefert? Eine besondere Brisanz erhält dieses Thema beim Fleisch. Natürlich ist es klar, dass nur durch Massentierhaltung das Fleisch so kostengünstig sein kann, wie es ist. Die Industrialisierung der Fleischproduktion (dieses unsägliche Wort vermittelt schon die Haltung weg von einer Aufzucht von Tieren zu einem Industrieprodukt) ist eine Entwürdigung von Tieren In einer exakt ausgerichteten Balance von Futter inklusive Antibiotika und Hormonen, Ausscheidung, Luftzufuhr werden Tiere in einer großen Zahl in Mastställen herangezogen. (Als ich mal Hühner von solch einem Stall für unseren Garten gekauft habe, ist mir fast schlecht geworden, als ich die Tiere in Batterien eingepfercht gesehen habe). Ein hoher Stressfaktor macht die Gabe von weiteren Mitteln notwendig. Es ist wohl so, dass der Konsum von Fleisch von derart aufgezogenen Tieren zunächst keine negativen Wirkungen auf uns hat, sondern durchaus positive, denn sonst könnte diese Industrie nicht so bestehen. Auch hier ist die Suche nach einer fairen Beziehung zu Tieren gefragt. Ich denke, es ist besser weniger Fleisch zu verzehren, dafür aber teurer aus Quellen, die gut mit dem Leben von Tieren umgehen, als täglich Fleisch zu essen aus Billigherstellung. Aus den einfachen Tauschaktionen auf Wochenmärkten in früheren Zeiten hat sich heutzutage eine riesige Industrie entwickelt. Neben der maschinellen Aufzucht/Ernte wird der Vertrieb, die Behandlung der Nährmittel und die Verarbeitung in industriellem Maßstab vollzogen. Hohe Ernteleistung bei kostengünstiger Weitergabe sind die Maxime. Der Logistikaufwand, der Energieeinsatz ist groß. Alle möglichen Formen von Mischprodukten, kreiert in Labors unter Zusatz von vielen Zusatzstoffen, die Haltbarkeit und die Geschmacklichkeit betreffend, werden portioniert in Kunststoffbehältnissen in den Supermärkten verkauft. In diesen Mischprodukten sind oftmals Zusatzstoffe, die nicht wirklich gesundheitsfördernd sind, aber aus logistischen Gründen beigemischt sind. Ein bekannter Zusatzstoff ist das Glutamat. Es ist ein Geschmacksverstärker, hat daneben aber auch exzitatorischen/erregenden Charakter. Es ist ein wichtiger Neurotransmitter. Assoziationen mit dem Restless-legs-Syndrom und Schlaflosigkeit sind bekannt. Und viele andere Behandlungsmethoden inklusive der Nanopartikel zur Optimierung der Produkte haben meines Erachtens einen Beigeschmack, inwieweit sie wirklich gesundheitsfördernd oder schädlich sind. Dem entkommt man am ehesten, in dem man wirklich die originären Zutaten und Gewürze mit möglichst wenig Behandlung kauft. Besonders erwähnen möchte ich Salz und Zucker. In den allermeisten Fällen handelt es sich um raffinierte Produkte (NaCl, Saccharose), die einen geringeren Nährwert haben als zum Beispiel Steinsalz/Meersalz oder Rohrzucker.

Nicht unerwähnt lassen möchte ich, dass es Situationen gibt, in denen es einfach an „Kohle" fehlt, sich „ethisch gute" Lebensmittel zu kaufen, denn der Einkauf im Bioladen ist halt sehr viel teurer. Ich kenne das aus eigener Geschichte. Dann müssen Kompromisse gemacht werden, und das finde ich nicht nur in Ordnung, sondern auch gut. Dann geht es darum, Akzente zu setzen.

Und nun ein paar Worte zur Zusammensetzung der Mahlzeiten: Wie ich aus der Unterteilung der Geschmacksrichtungen auf die Wandlungsphasen erkennen kann, haben diese ja auf verschiedene Organe besondere Wirkungen. Folgerichtig ist zu empfehlen, dass in einer Mahlzeit alle Geschmacksrichtungen vorkommen. Wie schon oben genannt, bilden süße Nährmittel (Obst, Kartoffeln, Möhren und viele andere) den Hauptteil der Speisen. Sie haben eine nährende, säftebildende Funktion. Ihre energetische Richtung ist eine absinkende (1). D.h., wenn ich zu viel von süßen Nährmitteln zu mir nehme, insbesondere wenn sie übersüß sind zu durch raffinierten Zucker, dann können sie müde machen. Indem aber Gewürze (meistens scharf) diese Wirkung verändern, machen sie zum Beispiel nicht mehr so müde. Gewürze/Zusatzstoffe wirken modulierend, harmonisierend. Diese Gesamtmischung bewirkt, dass eine Mahlzeit gut verdaut werden kann, dass keine Blähungen auftreten, dass ich nach der Mahlzeit nicht müde bin.

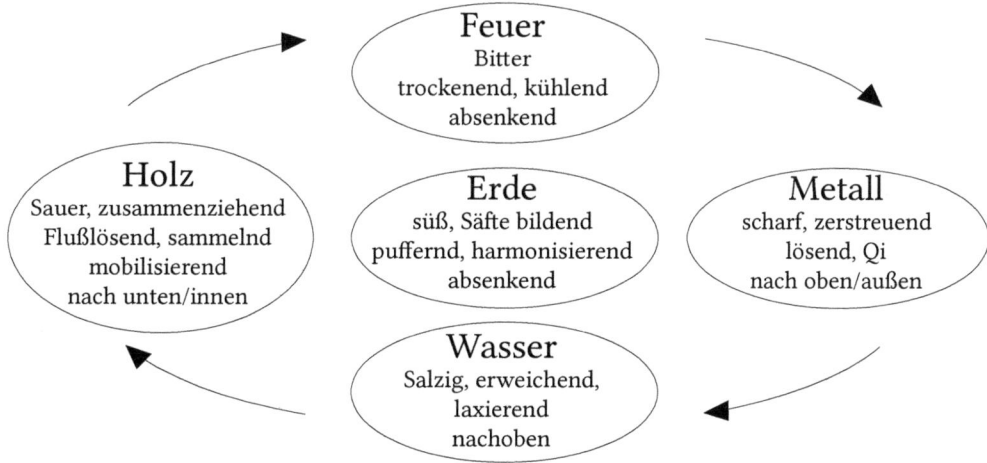

Ausführlichere Anleitungen mag man sich den entsprechenden Fachbüchern entnehmen.

Wenn diese Form der Ernährung im Wesentlichen erfüllt ist, sollte eine gute Grundlage für Gesundheit bestehen. Wie oben schon erwähnt, können verschiedene Zustände des Körpers mit Ernährung moduliert werden. Am einfachsten nachzuvollziehen sind zum Beispiel Zustände in Kälte oder in Hitze. Aber neben den physikalischen Gegebenheiten sind auch die emotionalen Befindlichkeiten durch Ernährung modulierbar. Das deutsche Sprichwort „sauer macht lustig" kann ich heute dadurch verstehen, dass ich in der Wandlungsphase Holz die Erregung durch Saures (Erregung geht übermäßig nach oben, saure Lebensmittel wirken zusammenziehend und nach unten) abdämpfen kann. Aber auch andere körperliche Veränderungen können mit Ernährung behandelt werden. Wie im nächsten Kapitel beschrieben, haben Kräuter eine stärkere Wirkung. Wie auch immer, bei der Behandlung von Krankheiten ist der Kraftaspekt immer zu berücksichtigen. Ob begleitend, zum Beispiel neben einer Chemotherapie oder in der Rekonvaleszenz nach einer Erkrankung, die Ernährung kann viel leisten.

Phytotherapie

Mit der Kräutertherapie haben wir kräftigere Mittel, die in manchen Bereichen einfach stärker wirken als es Lebensmittel können, natürlich mit einem fließenden Übergang. Wie oben beschrieben, hat jedes Nahrungsmittel eine Wirkung, nur deutlich sanfter.

Kräuter, besonders wenn man dann Wurzeln nimmt, können tiefere Energieschichten des Körpers erreichen und schneller eine gewünschte Wirkung herbeiführen. In diesem Bereich finde ich die Ordnung der chinesischen Phytotherapie als sehr logisch (siehe oben wie im Kapitel Ernährung beschrieben), und über die lange Entwicklungszeit sehr ausgereift. Ich arbeite gerne damit, bin allerdings nicht sehr erfreut, dass ich über den langen Weg der Kräuter aus China eigentlich fremde Mittel bei uns nutze. So habe ich vor 3-4 Jahren angefangen, selbst vor der eigenen Haustüre Blüten/Blätter von Brennessel, Löwenzahn, Holunder, Weißdorn u.a. zu sammeln, zu trocknen und aufzubewahren und habe mich mit der Wirkung auch im Raster der chinesischen Medizin auseinandergesetzt. So ist es eine Unterstützung meines Immunsystems, und ich würde diese Kenntnisse gerne weiter ausbauen, denn was uns heilt, sollte uns die Natur auch hier (in Europa) geben, was ich glaube, was sie auch tut. Aber diese Kenntnisse sind noch klein. Viele Kräuter haben einen bitteren Geschmack. Wie oben zu sehen ist bitter ja auch hitzesenkend, damit entzündungshemmend und trocknend. Manchmal ist halt Medizin wirklich bitter (im übertragenen Sinne). Wer sich einmal in diesem Raster auskennt, kann leicht und schnell für angehende Erkältungen z.B. den Ingwer als Sud nehmen, weil er innerlich erwärmend ist und so einer Erkältung (Invasion von Kälte) Paroli bieten kann, usw.

Beispiel einer Ernährungsempfehlung/Kräutertherapie bei Schleim (in der Lunge)

Die Verarbeitung (Assimilation) von Feuchtigkeit ist eine wesentliche Aufgabe der "Milz" (Mitte). Wenn diese überfordert ist, kommt es zu einer Funktionsminderung, die sich dann in der Bildung von Wasser im Gewebe (Ödeme) bemerkbar macht. Die Verdichtung von Feuchtigkeit ist dann der Schleim. Hier bilden sich meines Erachtens dann die Produkte, die volkstümlich als Schlacken bezeichnet werden. Wenn jemand an einem chronischen Schleimproblem leidet, gilt es im Besonderen, die Milz zu stärken. Neben den bekannten Dingen wie geordneter Lebenswandel, ausreichender Schlaf gibt es Möglichkeiten aus Sicht der chinesischen Medizin, die Milz diätetisch zu stützen. Dabei sind folgende Grundprinzipien zu beachten:

Die Mitte (Milz, Magen) mag niemals kalte Nahrungsmittel, oder anders: Erwärmte (gedünstete, gekochte) Nahrungsmittel sind meistens besser als Rohkost.
Verschleimende Nahrungsmittel sind: Milchprodukte, Sauermilchprodukte, Sojamilchprodukte, industriezuckerhaltige Nahrungsmittel und Getränke, (Butter dagegen ist erlaubt); meiden von frischem Brot und Weißmehlprodukten; kein Schweinefleisch.

zu empfehlen:

Gekochtes Getreide (Mais, Dinkel, Hirse, Gries, Reis, Haferflocken, Bulgur)

Karotten, Kartoffeln, Kürbis, Fenchel, Sellerie, Zwiebeln, Kohlsorten mit verdauungsfördernden Gewürzen zubereiten

Fleisch von Rind, Huhn, Lamm, Wild, Ziege

Äpfel und Birnen mit wärmenden Gewürzen als Kompott

Pflaumen, Aprikosen, Süßkirschen

kleine Mengen Thymian, frischen Ingwer, Zimt, Vanille, Nelke, Kümmel, Cumin, Kardamom, Oregano, Pfeffer...

Trockenfrüchte

verschiedene Bohnenarten

kaltgepresste Öle

Grundsätzlich sollten Nahrungsmittel frisch und möglichst unbelastet sein

Mahlzeiten in Ruhe einnehmen

grübeln, zuviel mentale Arbeiten schwächen die Milz

Mahlzeiten am späten Abend vermeiden

gut ist ein warmes Frühstück mit gekochtem Getreide

gutes Kauen und Einspeicheln ist eine Voraussetzung für eine gute Verdauung.

An Kräutern können, entweder in Gerichten oder als Mischung auch als Tee genommen werden:

Angelica arcangelica (Engelwurz) beseitigt Wind, Kälte, Nässe von der Körperoberfläche, Nebenhöhlenbereich, Muskeln und Gelenken)

Zanthoxylum (eschenblättriges Gelbholz), es wirkt antikatarrhalisch, antirheumatisch

Juniperus (Wacholder), Einsatz bei Entzündungen (z.B. Lunge, Harnwege) und Ödemen

Thuja (Lebensbaum), beseitigt Schleim-Nässe in Lunge und Blase

Rezept für Husten/Bronchitis

Diese Kräutermischung hat sich tatsächlich schon sehr bewährt.

rhiz alpini off	30g
flor caryophylli	10g
r angelicae	30g
fr anisi	50g
r liquiritae	30g
c cinnamoni	20g
pericarpii theobromae cacao	30g

Von der Mischung 1 EL auf ¼ Liter Wasser aufgiessen und 15 Minuten ziehen lassen. Im Laufe des Tages trinken.

Ernährung

Beispiel einer Ernährungsempfehlung/Kräutertherapie bei akutem Durchfall

Die folgenden Hinweise können nur als Hinweise/Tipps verstanden werden. Die Ursache und Therapie sollte bei stärkeren Erkrankungen schulmedizinisch/chinesisch untersucht und abgeklärt werden, um eine angemessene Therapie nicht zu verschleppen. Hier wird nur der akute Durchfall behandelt, der ja auch am häufigsten vorkommt. Bei chronischem Leiden ist immer auch eine differenzierte Diagnostik erforderlich.

Zunächst ist zu unterscheiden, dass Durchfall in der chinesischen Medizin ein Problem der Mitte (Milz-Pankreas und Magen) oder Dickdarm ist. Die häufigste Ursache ist ein Kältebefall dieser Organe. Dies führt dann zu Milieuänderungen der Schleimhaut mit entsprechenden Verschiebungen der Bakterien/Pilzkolonisationen.

Diätetische Empfehlungen:

Hirse, Hafer, Reis

Karotte, Lauch, Frühlingszwiebel

Gewürze: Kardamom, frischer Ingwer, Paprika, Chili, Pfeffer, Koriander, Curry, Curcuma, Thymian, Nelke, Muskat, Kümmel, Zimt

nicht zu empfehlen:

Rohkost, kalte, kühlende Nährmittel wie Südfrüchte, Mineralwasser, Weißmehlprodukte, Frittiertes und Gebackenes

Empfehlungen bei Durchfall und Beschwerden hauptsächlich im Unterbauch:

C Cinnamomi (Zimtrinde)	20g
Fol Malvia silvestris (Käsepappel)	20g
Fr Foeniculi (Fenchel)	20g
Cort.Quercus robur (Eichenrinde)	20g
R Tormentillae	20g
	100g

1 EL auf ¼ Liter Wasser als Kaltauszug für 1 Stunde, anschließend erwärmen. Im Laufe des Tages trinken.

Besprechung von Einzelkräutern:

Brennnessel: Verwendet werden Blätter, Wurzel und Samen. Leicht bitter, wärmend, trocknend, vitalisierend, blutnährend. Sehr eisenhaltig (besonders im April und September). Sie tonisiert die Mitte und die Niere. Sie ist ausgezeichnet bei Bi-Syndromen (Stagnationen an den Gelenken). Gut für Menschen mit Schwierigkeiten im Umgang mit Aggressionen. Einzelaufgüsse auch möglich.

Angelicawurzel: Sehr warm, trocknend, scharf, aromatisch, etwas bitter, allgemein tonisierend. Sie hat ein breites Indikationsspektrum: Besonders im Verdauungstrakt wirksam, tonisiert die Mitte, gut in

der Infektabwehr. Vitalisiert Menschen mit „psychosomatischen"
Beschwerden. Die Scheibe einer Wurzel tut auch gute Dienste in
einer Suppe.

Wacholder: warm, aromatisch-scharf, süß, etwas bitter,
trocknend, diuretisch, antientzündlich, Yangtonikum. Sehr gutes
Infektabwehrmittel (in der kalten Jahreszeit kauen von 1-3 Beeren
am Tag). Wärmt den Körper (den Rücken, die Blase), aber Achtung:
nicht bei akutem Harnwegsinfekt. Die Verdauung harmonisierend.
Der Wille wird zentriert.

Entleerter Akku/Burn-out-Syndrom

Wie kann es anders sein, dass, wenn ich immer wieder viel und unter
Druck arbeite, keine ausreichende Regeneration und im Grunde auch
keine ausreichende Ernährung zu mir nehme, dass dann der Akku
(ich finde das ein sehr schönes Bild) zunehmend entleert wird. Und
wie es bei einer Tiefenentladung von Batterien ist, dauert es lange,
bis der Akku wieder aufgeladen ist. Neben der Frage der verloren
gegangenen Kraft geht es immer auch um die Infragestellung dessen,
was bisher gewesen ist. In der Krise müssen neue Wege gefunden
werden. Und grundsätzlich wird es so sein, dass der Patient lernen
muss, mehr auf sich zu achten, und sich zu pflegen. Ich habe es
oben schon angedeutet, ich kann auch ein Lied davon singen. Und

das Leben besteht nicht nur aus Arbeit. Eine energetisch gute Ernährung, (chinesische) Phytotherapie, kann diesen Prozess sehr gut unterstützen. Ein Problem ist sicherlich, dass solche Patienten sehr schnell zum Psychotherapeuten geschickt werden, zumal ja Arbeitgeber/Krankenkasse auf eine baldige Genesung hoffen. Die Frage einer guten Ernährung spielt in unserer Medizin leider keine große Rolle. Dabei ist es ja doch durchaus plausibel. Erst wenn ich wieder Kraft habe, um neue Schritte zu unternehmen, erst dann bin ich auch in der Lage, mithilfe zum Beispiel eines Psychotherapeuten neue Ideen anzugehen. Denn mit solch einer Situation gehen häufig depressive Stimmungen einher. Und da braucht es sicherlich häufig mehr Zeit als gedacht, bis mit zunehmender Kraft auch innere Impulse und Lust auf etwas Neues entstehen.

Ernährung im übergeordneten Sinn

Besonders für Menschen am Rand der Gesellschaft ist es wichtig, in ihrem Leben einen neuen Ankerpunkt in anderen Menschen zu finden. Das geht nur mit einer gewissen Empathie. Leider erleben manche Patienten keine ausreichende Nährung in stabilen familiären Verhältnissen. Im Zusammenleben muss dann oft Wirrnis und unlogisches Verhalten ausgehalten werden (siehe Laotse im Kapitel was tun), und Heilung gestaltet sich auf langen Wegen, in denen „nährende" Menschen, eine heilende Gemeinschaft solchen Menschen auch wieder einen Boden unter den Füßen geben. Die bekannteste Gemeinschaft ist sicherlich die Arche, von Jean Vanier gegründet, in der Menschen mit Behinderungen mit „normalen" nicht-behinderten Menschen zusammenleben. Aber auch viele andere Gemeinschaften widmen sich diesem Thema. In der Vereinzelung vieler Menschen in unserer Gesellschaft haben wir ein großes Problem. Die Zukunft wird darin liegen, dass Menschen wieder mehr zueinander finden und zuträglich zusammenleben. (Teure Altenheime können nur dann entstehen, wenn in den Familien/Gemeinschaften kein ausreichender Platz für alte Menschen ist. Und das ist wirklich teuer).

Wie oben zu sehen spielt die Ernährung in der chinesischen Medizin eine deutliche größere Rolle. In diesem Buch habe ich einige Skizzen gegeben. Für die weitere Beschäftigung mit diesem Thema empfehle ich den Besuch von Seminaren/Vorträgen und das Studium weiterer Literatur (siehe Bibliographie).

WAS TUN?

Aus all dem bisher Gesagten wird klar, dass wir in der Gesamtsicht unseres menschlichen Lebens bei dem Erscheinen von Symptomen, Krankheiten den Blick auf uns selbst richten müssen. Natürlich werden wir zunächst Fachleute konsultieren. Aber diese Fachleute unseres Gesundheitssystems sind leider zu oft einseitig, materiell ausgerichtet. Es geht mir nicht darum, unsere westliche Medizin zu diskreditieren. Viele Menschen erreichen ein hohes Lebensalter, viele Erkrankungen sind heute heilbar, wo man in früheren Zeiten häufiger aufgegeben hat. Es ist schon erstaunlich, was auf dem Gebiet zum Beispiel des Transplantationswesens, der Tumortherapie, der Zellforschung u.a. möglich ist. Und in vielen praktischen Belangen bin ich froh, die „normale" Medizin zu betreiben und schnell lindernd eingreifen zu können. Aber, sind die einzigen Kriterien solche wie das hohe Lebensalter, die Überlebensrate? Ist die Medizin nicht in vielen Aspekten seelenlos geworden? Natürlich ist unsere Medizin ein Teil unserer Gesellschaft, und so wie unsere Gesellschaft funktioniert, so ist auch nicht zu erwarten, dass es medizinisch anders zugeht. Obwohl hier auch immer noch alte ethische Grundlagen mit eine Rolle spielen, wie zum Beispiel im hippokratischen Eid. Auch Formen können seelenlos werden, wenn nur noch die Hülse dastehen und der Inhalt nicht mehr gelebt wird. Nicht viel anders ist es in spirituellen Dingen. Statt zum Beispiel, dass die Adventszeit eine Besinnungs- und Vorbereitungszeit auf Weihnachten wäre, in der Familien und Gemeinschaften zusammenkommen, läuft in dieser Zeit die größte Materialschlacht um Geschenke im Jahr. Aber ich will nicht mit dem

Finger nur auf die anderen zeigen, ich bin auch ein Teil dieser Kultur und setze mich damit auseinander.

Wie besonders aus dem Kapitel um die Einheit zu lesen ist, ist es sowieso fragwürdig, etwas als gut oder schlecht zu bewerten. Ich weiß, das ist sehr gewagt. Es gibt indianisches Sprichwort: Wenn ich nicht in den Mokassins des betrachteten Menschen gewesen bin, kann ich nicht über ihn urteilen. Es geht doch wesentlich darum, die Beweggründe, die Kräfte anzusehen, die einen Menschen bewegen, so zu handeln wie er es tut. Die haben alle einen Grund, eine Geschichte. Nehme ich obiges Beispiel des Advent, so ist es doch für viele Menschen wichtig, viele/große Geschenke zu machen, bis an die Belastungsgrenze. Nur so können Sie Ihre Zuneigung/Liebe zu einem anderen Menschen nachkommen. Der Druck dazu wird natürlich in allen Medien mit produziert. Wer kennt nicht die Erwartungen von Kindern, die von Freunden, Mitschülern sehen, was dort an neuesten Medien in den Kinderzimmern landet. Den Kampf habe ich in eigener Familie erlebt. Das alles wiederum heißt nicht, dass ich alles an sich akzeptiere, ich muss meinen eigenen Weg finden. Nach dem kurzen Exkurs zurück zur Medizin. Die Frage der Bewertung betrifft jeden Patienten der in meine Praxis kommt. Jeder sollte das sagen können, was er wirklich meint. Eine gefühlte Vorverurteilung nimmt schon den Schlüssel zu den eigentlichen Dingen. Manchmal habe ich den Eindruck, dass ich seelsorgerische Funktionen übernehme. Das kommt nicht selten vor, dass Patienten im geschützten Raum der

Arztpraxis mir Dinge erzählen, die sonst noch nie ausgesprochen wurden. Was für eine Not müssen viele Menschen haben, die keinen Ansprechpartner, auch nicht Ehepartner, haben, um über ihre intimen Gedanken und ihre Beweggründe zu sprechen. Das ehrt mich, aber erschreckt mich auch. Zugegeben, auch ich habe lernen müssen, mich mit Menschen, denen ich vertraue, auszusprechen und in einen fruchtbaren Dialog zu kommen. Wenn ich mir selber klar geworden bin, was für seltsame Gedanken, komische Allüren ich selber habe, dann kann ich gut akzeptieren, dass andere auch manchmal seltsam ticken. Oder besser ungewöhnlich. Insofern ist es ein zentraler Bestandteil, die Dinge zu aktzeptieren, wie sie sind. So ist die Welt und nicht anders. Ich brauche sie nicht zurecht zu biegen (verschönern, verkleinern, vergrößern, weglassen, betonen).

Der zweite Aspekt ist der der Einheit wie schon oben beschrieben. Wenn wir alle aus demselben Stoff sind, wenn der denn da ist (Jahwe), in allen Dingen ist, sollte ich es in diesem Sinne würdigen und schätzen und meinen angemessenen Umgang damit finden. Hier finde ich den Satz von Jesus: Was ihr den Geringsten getan habt, das habt ihr mir getan, folgerichtig. Mit Geringstem ist hier ein Extrem angesprochen, gemeint sind alle und alles. Wie schön schreibt Laotse:

der Berufene versteht es immer gut, die Menschen zu retten;

darum gibt es für ihn keine verworfenen Menschen.

Er versteht es immer gut, die Dinge zu retten;

Was tun?

darum gibt es für ihn keine verworfenen Dinge.

Das heißt die Klarheit erben.

So sind die guten Menschen die Lehrer der Nichtguten, und die nichtguten Menschen sind der Stoff für die Guten.

Wer seine Lehrer nicht werthielte und seinen Stoff nicht liebte, der wäre bei allem Wissen in schwerem Irrtum.

Das ist das große Geheimnis.

Und hier kommt ein weiterer Aspekt dazu. Liebe, Empathie. Ich weiß, dass es manchmal schwer ist. Aber ich habe manchmal erlebt, dass in einem guten Gespräch die hochmütige Fassade eines Patienten abfiel und sich damit auch mein Eindruck/Zugang sich zu ihm veränderte. Und auf einmal lerne ich jemanden neu kennen. Und bin erstaunt. „Vorurteile" verschwinden und in genauerer Kenntnis der Situation gehe ich scheu zurück und bitte innerlich um Verzeihung.

Wie schon im Vorwort ausgesagt, ist jede Situation individuell, subjektiv. Bis auf die vielen standardisiert abzuhandelnden Erkrankungen/Verletzungen, DiseaseManagement-Programm, Impfungen etc. habe ich gelernt, in meiner Sprechstunde mehr zu spüren, um was es geht, als eine vorgefasste Meinung zu haben. Und ehrlich, manchmal bin ich auch ratlos. Dann warte ich zum Beispiel auf den Ball des Patienten, seine Äußerung, die ich aufgreifen kann, um das Gespräch weiter zu führen. Manchmal weiß ich auch nicht weiter und gebe das offen zu. Ist der Patient nicht zufrieden, mag er woanders hingehen.

Aber es gibt auch andere Möglichkeiten (Fachärzte konsultieren, mit Kollegen beraten, das Ganze noch einmal überdenken). Hier kommen wir zu einem Punkt, der mir sehr wichtig ist. Laotse nennt dies: das Nichthandeln üben. Das Nichthandeln ist keine Untätigkeit, sondern nur absolute Empfänglichkeit für das, was sich von dem metaphysischen Grunde aus im Individuum auswirkt. Christen benennen das als Gottes Stimme. Warum kommen mir in bestimmten Situationen bestimmte Gedanken? Woher kommt der Impuls, etwas gerade jetzt zu tun? Er steigt etwas auf in mir, das ich nicht kenne. Aber es ist da, und es macht mich aus, so wie ich bin. Wir haben gelernt, als Therapeuten dem Patienten gegenüber distanziert zu bleiben. Das ist für die meisten Situationen sicherlich auch richtig. Aber, wenn ein weinender Patient vor mir sitzt, kann ich dem Impuls nachgeben, und zum Beispiel meine Hand auf seine Schulter legen, oder je nach Situation sogar in den Arm zu nehmen. Ist nicht das auch originäre Therapie? Einfach nur gehalten werden? Vorausgesetzt, es wird kein Doppelspiel gespielt oder es spielen Seitenabsichten keine Rolle (siehe Kapitel Wahrheit). Oder ich belasse es, wenn ich es für mich als angemessen fühle. Was ich in diesem Kontext auch sagen will: Regeln sind gut, aber wenn sie mir nicht mehr angemessen erscheinen, setze ich mich je nach Situation darüber hinweg. Aber aufgepasst, das ist kein Freibrief für eine Beliebigkeit. Natürlich sind die Rahmenbedingungen festgelegt, und ich werde auch nicht anfangen, im Straßenverkehr auf der linken Seite zu fahren. Aber um der Sinnhaftigkeit wegen müssen manchmal andere Wege gegangen werden. Auf diese Thematik werde ich weiter unten eingehen. (Kapitel Regeln). Auf die zentrale Frage zurückzukommen: Was ist zu tun? Zunächst einmal führen einen die Beschwerden natürlich in die Arztpraxis. Es ist auch klar, dass hier eine gründliche Untersuchung den Regeln der medizinischen Kunst entsprechend durchgeführt werden sollte. Ohne Nebenabsichten irgendwelcher Art. Ich betone das deshalb, weil es doch meistens eine Rolle mitspielt. Und dann geht der Prozess los, nach einer Diagnosestellung die zumeist medikamentöse Therapie einzuleiten. Systemimmanent besteht wenig Raum für hinterfragende Gespräche, für Sinnhaftigkeit der Symptome. Manche werden jetzt erstaunt anfragen, wie ich eine Sinnhaftigkeit von Symptomen unterstellen kann, vielleicht besonders wenn es um Krebs und andere schwerere Erkrankungen geht. Sie werden oft als eine Geißel der Menschheit gewertet. Dazu kann ich noch mal wiederholen: Laotse

> die Welt erobern und behandeln wollen,
> ich habe erlebt, dass das misslingt.
> Die Welt ist ein geistiges Ding,
> das man nicht behandeln darf.
> Wer sie behandelt, verdirbt sie,
> wer sie festhalten will, verliert sie.

Die Welt ist ein geistiges Ding, wir haben das im Kapitel Einheit schon behandelt. Jede Erkrankung ist Ausdruck unseres Seins. Wenn es in meinem Körper, in meinem Sosein, Kräfte gibt, die gegen mich selbst gerichtet sind, an denen ich auch möglicherweise sterben werde, dann hat das sicherlich mit Kräften zu tun, die eben auch in meinem Leben wirksam waren bzw. sind. Dieser Vers hat noch eine andere Implikation, der besonders den Therapeuten betrifft. Wieso darf der nicht behandeln? Weil hier sehr deutlich ausgesagt wird, dass das Geistige im Gegenüber einzigartig ist, eine eigene Geschichte hat, einen eigenen flow hat, in dem kein anderer etwas zu suchen hat. Wohl ist es so, dass Menschen sich verrannt haben, dass sie aus der Balance geraten sind und mit Beschwerden dann zum Arzt kommen. Siehe auch hier Kapitel Regulation/Ausgleich. Hier ist natürlich Hilfeleistung angezeigt. Aber im Weiteren kann der Arzt zwar Wege aufzeigen, wenn er kann, die den Patienten zur inneren Heilung führen. Dies führt dann auch zu einer Heilung im Äußeren. Aber gehen muss der Patient den Weg selbst. Wir können nichts abnehmen und nichts dazu tun. Wir können ihm keine Meinung aufdrängen und auch nicht sagen, was er machen oder lassen soll. Der Patient kann sich auf Vorschläge einlassen, muss aber für sich entscheiden, ob es ihm weiterhilft oder nicht. Und der Möglichkeiten sind sehr viele. Und viele auch außerhalb meines Horizonts. Und so muss ich akzeptieren, dass mein Blickwinkel ein begrenzter ist. Als studierter Arzt ist man schnell versucht, sogenannte paramedizinische Heilmethoden zu belächeln und abzutun. Zu oft habe ich diese Haltung hinterher bereut, wenn ich etwas kennengelernt habe, was mir vorher suspekt war. Heute versuche ich aufzuhören, über etwas zu lächeln, was ich nicht kenne. Insofern war ich früher tatsächlich in mancherlei Hinsicht hochmütig. Trotzdem behalte ich mir natürlich vor, eine Meinung zu bilden, wenn ich mir etwas anschaue. Aber das ist natürlich immer so, nur verallgemeinern sollte ich es nicht. Überhaupt habe ich gelernt zu akzeptieren und anzunehmen, dass es vielfältige Wege gibt. Genauso wie es keine einzige Möglichkeit gibt, in der Akupunktur Nadeln zu setzen, sondern auch hier mehrere gleichrangige Möglichkeiten.

Laotse:

Wer das Nichthandeln übt,
wer sich mit Beschäftigungslosigkeit beschäftigt,
wer Geschmack findet an dem, was nicht schmeckt,
der sieht das Große im Kleinen, und das Viele im Wenigen.

Hier nochmals wie oben geschrieben die Vielfalt der Möglichkeiten der Wege, in denen überall das Große ist. Auch wichtig ist die 3. Zeile, die ich vor 2 Jahren in eigener Krise mal wirklich verstanden habe. Es schmeckt tatsächlich nicht alles. Heißt, Schmerzen, Depression, Einsamkeit, Verzweiflung sind Teil der Wirklichkeit des Großen, und wenn ich das erkenne, und zumindest schätze als Wirklichkeit, würdige ich das Gesamte. Es annehmen, eigentlich mehr noch, Geschmack daran finden. Das kann manchmal sicherlich als Zumutung empfunden werden. Und trotzdem, die Sichtweise ist entscheidend.

Über die Frage, wie Heilung passiert, was in diesem Buch auch immer wieder anklingt, ist mir besonders der Bericht aus der Bibel nahe, in der Jesus einen Gelähmten heilt. Markus 2,1-12: Als er einige Tage später nach Karphanaum zurückkam, wurde bekannt, dass er wieder zu Hause war. Und es versammelten sich so viele Menschen, dass nicht einmal mehr vor der Türe Platz war; und er verkündete ihnen das Wort. Da brachte man einen Gelähmten zu ihm; er wurde von vier Männern getragen. Weil sie ihn aber wegen der vielen Leute nicht bis zu Jesus bringen konnten, deckten sie dort, wo Jesus war, das Dach ab, schlugen (die Decke) durch und ließen den Gelähmten auf der Tragbare durch die Öffnung hinab. Als Jesus ihren Glauben sah, sagte er zu dem Gelähmten: Mein Sohn, deine Sünden sind dir vergeben! Einige Schriftgelehrte aber, die dort saßen, dachten im Stillen: Wie kann dieser Mensch so reden? Er lästert Gott. Wer kann Sünden vergeben außer dem einen Gott? Jesus erkannte sofort, was sie dachten, und sagte zu ihnen: Was für Gedanken habt ihr im Herzen? Ist es leichter, zu dem Gelähmten zu sagen: Deine Sünden sind dir vergeben!, Oder zu sagen: Steh auf, nimm deine Tragbare, und geh umher? Ihr sollt aber erkennen, dass der Menschensohn die Vollmacht hat, hier auf der Erde Sünden zu vergeben. Und er sagte zu dem Gelähmten: Ich sage dir: „Steh auf, nimm deine Tragbahre, und geh nach Hause!" Der Mann stand sofort auf, nahm seine Tragbahre und ging vor aller Augen weg. Da gerieten alle außer sich; Sie priesen Gott und sagten: So etwas haben wir noch nie gesehen. Der erste Aspekt, der mich hier berührt, ist der, dass der Gelähmte

Was tun?

und seine Begleiter erstens glauben, dass er geheilt werden kann, und zweitens, dass er es unbedingt will. Auch wenn alles verbaut erscheint, kein Zugang zum Heiler, zu Jesus, es wird ein unmöglicher Weg beschritten, das Dach wird an der Stelle abgedeckt. Es kommt häufig in der Bibel vor, dass wenn Menschen unbedingt etwas erreichen wollen, was mit ihrem Heil zu tun hat, dann geben sie dafür alles. Des Weiteren haben sicherlich alle gemeint, dass Jesus den Gelähmten auch tatsächlich wieder aufstehen lässt. Stattdessen, sein wichtigstes Anliegen, er heilt seine Seele. Der geistigen Heilung folgt dann die körperliche Heilung.

Der Mensch als Teil der Natur/Schöpfung

Manche Aspekte von meinen folgenden Ausführungen sind sicherlich vorher schon angeklungen. Wie schon oben im Kapitel der chinesischen Medizin erwähnt, geht es in unserem Leben wesentlich um eine angemessene Rhythmik mit angemessenen Lebensinhalten. Die menschlichen Grundbedingungen haben sich seit 10.000 Jahren nicht verändert. Man muss sich die Voraussetzungen für das Leben erarbeiten (Lebensmittel beschaffen und die Umstände des Wohnens besorgen). Das nimmt aber nicht den ganzen Tag in Anspruch. Der Rest dient dem Spiel, Tanz, Muße, Gespräch. Es ist in der Natur nicht vorgesehen, 12 Stunden am Tag zu arbeiten. Und auch nicht 10 Stunden. Es mag zwar mal Phasen geben, in denen es erforderlich ist, aber dann muss es auch seine

Begrenzung haben. Wenn diese Balance (Schlaf-Wachzeit, Arbeit-Muße) nicht gewahrt wird, dann wird es sich irgendwann bemerkbar machen. Unsere Gesellschaft tendiert stark dazu, den Yang Aspekt, die Aktivität, zu übertreiben. Alleine die Tatsache, dass wir elektrisches Licht haben, verändert unsere Lebensgewohnheiten radikal. Wir können die Nacht zum Tage machen. Wenn unser Körper eigentlich ruhen sollte, tut er es nicht mehr. In der Zeit vor Erfindung des elektrischen Stroms sind Menschen im Winter zur Dunkelheit ins Bett gegangen. Überhaupt war der Winter eine Ruhezeit, in der neue Projekte vielleicht vorbereitet wurden, sie aber erst im Frühjahr zur Ausführung kamen. Ich denke, dass wir uns in manchen Teilen darauf zurück besinnen können. Damit ein Projekt/Idee wirklich gut wird, braucht es schon eine gewisse Reifezeit. Der Gewinndruck, Projekte möglichst schnell und damit noch nicht ausgereift auf den Markt zu geben erhöht deutlich die Fehlerquote und bringt später auf jeden Fall Ärger ein. Goethe beschreibt den Vorgang der zunehmenden Beschleunigung des Lebens (seit der französischen/industriellen Revolution) als veloziferisch (eine Wortschöpfung aus lat. Velocitas (Geschwindigkeit, Schnelligkeit) und Lucifer als dem Repräsentanten der Eile, die bekanntlich des Teufels ist). Das „Veloziferische" erscheint hier nicht nur als die permanente Verweigerung des „Goetheschen Heute". Es steht schon im Dienst der globalen Kommunikation: Und so springt's von Haus zu Haus, von Stadt zu Stadt, von Reich zu Reich, und zuletzt von Weltteil zu Weltteil, alles veloziferisch. (19) Aus dem Gleichgewicht Yin-Yang, Parasympathikus-Sympathikus, Ruhe-Aktivität, wird eine vermehrte

Was tun?

Aktivität (Zunahme der Aktivität der Hormone die wir oft krankhaft als Stresshormone bezeichnen (Adrenalin, Cortison)) zu vermehrter vegetativen Angespanntheit, zu vermehrtem Durchfluss von Blut, zu Hitze. Hitze entspricht in gewisser Weise einer entzündlichen Qualität. Exkurs: Ich habe große Sorge über die Weiterentwicklung, besonders wenn ich mir die Kinderzimmer heute anschaue. Es findet eine erhebliche Beschleunigung des Alltags statt (Yangisierung). Statt auf der Wiese mit Steinen und Stöcken zu spielen werden über die Bildschirme Spiele in rasender Geschwindigkeit gespielt. Als ich diese Spiele bei meinen Kindern vor 20 Jahren gesehen habe, wurde mit teilweise schon schwindelig. Über den mobilen Bildschirm des Smartphones hat die digitale Welt die Kinder vom Aufstehen bis zum Zubettgehen im Griff. Bei dem durchgestylten Tagesplan auch der Eltern ist das auch nicht wirklich unwillkommen, denn wenn die Kinder am Bildschirm versorgt sind, brauchen sich die Erwachsenen auch nicht so um die Kinder zu kümmern und können ihren eigenen Aktivitäten nachgehen. Eine Zunahme des Yang/der Aktivität führt zu Hitze/Entzündlichkeit mit der Entwicklung von entsprechenden Erkrankungen (Konzentrationsstörungen (weil der Geist sich nicht mehr absenken kann), innere Unruhe, Diabetes mellitus als eine tiefe entzündliche Form der Mitte). Da über eine zunehmende Aktivierung die Ruhe immer mehr an Grund verliert, werden Kuren für Erschöpfung und Burnout für immer mehr Menschen in jüngeren Lebensaltern angeboten werden müssen. Welches Kind kann heute noch Langeweile aushalten? Sofortbefriedigung und Unterhaltung ist angesagt, denn das Gemeckere und Gejammere der Kinder ist schwer auszuhalten. Außerdem: Durch die zunehmende Vereinzelung der Kinder kommt der natürliche soziale Ausgleich nicht mehr wirklich zum Zuge. Aber, ich spüre der regulativen Kraft in mir nach, und ich bin überzeugt, dass es ein Naturgesetz ist, wie es die chinesische Medizin auf besondere Weise formuliert (s. Kapitel über Ausgleich), dass alle Dinge einer Regulation unterworfen sind. Und so werden auch hier Kräfte wieder wachsen, die den anderen Pol, den Pol der Ruhe wieder mehr betonen. Die Kraft liegt in der Stille. Mehr als zu anderen Zeiten muss es heute sehr betont werden. Nicht nur funktionieren, sondern auch so sein wie man halt ist, auf sich, auf seinen Körper, auf seine Gedanken achten, sie wahrnehmen und leben. Mir selber tut es immer wieder ungeheuer gut, eine Auszeit am Tag von Minuten bis Stunden zu nehmen, oder im Jahr mal ein bis drei Wochen in die Ruhe zurückzuziehen ohne große Aktivitäten.

Zudem halte ich es für essenziell, immer wieder Orte/Menschen aufzusuchen, an denen und mit denen ich mein Leben reflektieren kann. Natürlich ist auch hier das Problem, dass die „Qualität" des Begleiters/Therapeuten/Heilers von außen nicht erkennbar ist. Wie schon über den Bereich der Ausbildung in der TCM geschildert, ist die Qualität/das Wissen bei nur gering ausgebildeten „Akupunkteuren" entsprechend klein. Auch ich als Hausarzt wünschte mir manchmal mehr davon, aber es geht nicht. Trotzdem hatte ich immer wieder Freude und Engagement, Kurse und Seminare zu besuchen. Bei

Begleitern/„Seelsorgern", „Heilsorgern" ist es auch nicht einfach, eine gute Begleitung zu finden. Und viele solche Angebote sind vom Patienten selbst zu bezahlen. Es ist ein weites Feld. Auch ein Problem ist, dass der Preis manchmal Dimensionen erreicht, die für mich dann eben auch nicht mehr mit einem spirituellen Setting vereinbar sind. Wie in der Bibel auch schon geschrieben, wehrte Jesus sich häufig gegen Scharlatane. Denn, eigentlich, Hilfe, das Wort Gottes, ist an keinen Preis gebunden. Und, eigentlich, ist die Heilung immanent da, in der Weisheit der Natur/des Lebens/unserer Seele. Bei Menschen ist aber ein gewisser Ausgleich üblich. So habe ich Schamanen in Tuva erlebt, die nur das von Menschen nahmen, was diese geben konnten/ wollten. Ein Weiteres: Eigentlich sollten die Kirchengemeinden Räume von Gemeinschaften sein, in denen Spiritualität auch des Alltags gelebt werden sollte. Leider haben sie oftmals keine Attraktivität mehr. Nach dem sonntäglichen Gottesdienst passiert dann oft nicht viel mehr. Kreise von Menschen, die sich regelmäßig treffen, ihr Leben teilen, und nicht nur klönen sondern auch Themen behandeln, die essentiell mit uns verbunden sind, erfahre ich selbst als ungeheuer bereichernd. Auch Begegnung innerhalb gleichgeschlechtlicher Kreise (bei mir natürlich eine Männergruppe), erfahre ich als sehr fruchtbar. Es ist schon auch klar, dass erst die Not, der Bruch im Leben, die kleine Katastrophe einen dazu veranlasst, mehr darüber nachzudenken, was da eigentlich abgelaufen ist und über sich und seinen Lebenslauf nachzudenken. So ist es mir ja auch lange nach der Trennung von meiner Frau gegangen, dass ich zeitweise den Boden unter den Füßen verloren hatte, dass ich emotional labil war und über verschiedenste Formen von Therapie, Erlernen von neuen Heilmethoden, Begegnungen mit wertvollen Menschen regeneriert bin. Und die Reise ist nicht zu Ende.

Märchen, Mythen

Wo wird Wahrheit gesagt, wo wird gezeigt, wie das Leben geht? Unsere eigene Volksseele hat doch in Form von vielen Märchen und Mythen uns Instrumente an die Hand gegeben, die uns in der Auseinandersetzung mit unserem eigenen Leben Hilfslinien aufzeigen, wie wir unser Leben klug, pfiffig, weise gestalten können. Um ein ganz aktuelles Beispiel zu bringen, quasi ein modernes Märchen, hat mich besonders eine Szene sehr berührt die auch in anderen Märchen und Mythen vorkommt. In der Kammer des Schreckens weiß Harry Potter, dass dort ein Drache zu besiegen ist. Es ist für ihn klar, dass er es tun muss, aber er weiß nicht wie. Trotzdem geht er mit Vertrauen und Mut in die unteren Gewölbe und stellt sich dem Ungeheuer. Und dann sieht er da das Schwert liegen, dass er braucht, um ihn zu besiegen. Das ist ein durchgehendes Thema. Das erste ist, dass eine Klarheit über das Ziel über etwas zu bewältigendes besteht. Nur einfach drauflos zu gehen und etwas machen, führt nicht zu Erfolg. Aber mit einer guten Energie, einem guten Charakter, einer guten Lebensausrichtung ist ein Boden bereitet, auf dem sich die Dinge so entwickeln werden, dass es gut wird. Goethe: In dem Augenblick, in dem man sich endgültig einer Aufgabe verschreibt, bewegt sich die

Vorsehung auch. Alle möglichen Dinge, die sonst nie geschehen wären, geschehen, um einem zu helfen. Ein ganzer Strom von Ereignissen wird in Gang gesetzt durch die Entscheidung und er sorgt zu den eigenen Gunsten für zahlreiche unvorhergesehene Zufälle, Begegnungen und materielle Hilfen, die sich kein Mensch vorher je so erträumt haben könnte. Was immer du kannst, beginne es. Kühnheit trägt Genius, Macht und Magie. Beginne jetzt. Neben vielen augenscheinlichen Aussagen der Märchen ist es manchmal auch hilfreich, über Märcheninterpretationen etwas näher an den Gehalt geführt zu werden. Die Literatur ist sicherlich sehr weit, ich habe etliche Interpretationen von Drewermann und Kast gelesen und habe viele Parallelen zu Weisheitsbüchern anderer Gattungen gesehen. Ein Beispiel: Frau Holle. Das gute Mädchen wird von der Stiefmutter und deren Tochter ausgenutzt. Sie muss alles für die Familie erledigen und bekommt dafür keinerlei Anerkennung oder Lob. Sie resigniert. In dem Sprung in den Brunnen, in welchem sie ihrer verlorenen Spindel nachspringt, verabschiedet sie sich von dieser äußeren Welt, bleibt dabei ihren Werten/Auftrag treu (die Spindel mit ihren Fäden steht mythologisch für den Schicksalsfaden, das eigene Herz). Mit dem Aufwachen in der anderen Welt ändert sich ihr Blick, und sie versteht, dass ihr Tun nicht an die Zustimmung und den Beifall der anderen gebunden ist. Es stellt keine Erwartungen an andere mehr. Die Dinge (die Äpfel am Baum, das fertiggebackene Brot) beginnen zu sprechen. Alle Lebewesen und Dinge tragen, entsprechend dieser menschheitlichen Vorstellung von einem Paradies am Anfang aller Welt, eine innere Botschaft und Stimme in sich, durch die sie sich an dem Konzert der Harmonie des Alls beteiligen. Nur in der Liebe und in der Harmonie des eigenen Herzens kann man die Bäume und die Tiere sprechen hören; und nur in der Harmonie des eigenen Herzens, im Zwiegespräch der Liebe, ist diese Welt ein Paradies und eine Wiese voller Blumen. Dinge der Welt sprechen zu hören, bedeutet für das Mädchen zugleich, sich in den Dienst der Dinge zu stellen und ihnen gehorchen. Es heißt, zu vernehmen, wann die Dinge reif und gar sind, um getan zu werden, ihnen dann wie selbstverständlich zu entsprechen. Das Motiv des Handelns hat sich verändert. Nicht eigener Lohn, sondern das Wohl der Dinge selber ist der Grund, weswegen das Mädchen sich einsetzt. Es geht um Dienst an den Dingen. Und die Belohnung ist eine andere Form der Befriedigung, der Gerechtigkeit. Das Gute lohnt sich, nach Preisgabe aller irdischen Glückserwartungen, gänzlich paradox und überraschend. (14)

Individuation

Ich bin nicht wie alle anderen. Ich bin ich. Wie komme ich überhaupt dazu, herauszufinden wer ich bin? Zunächst mal ist es wichtig, herauszufinden, was meins ist und was auf mich aufgestülpt wurde. Das ist kein einfacher Prozess. Im I Ging heißt das entsprechende Hexagramm: Die Arbeit am Verdorbenen. Hier geht es wesentlich darum, herauszufinden was zum Verderbnis geführt hat und es dann nicht mehr zu tun. Eine zentrale Rolle spielen dabei die Dinge, die Vater und Mutter einem falsch „eingeflüstert" haben. Wenn sie beseitigt werden, steht dem Heil nichts mehr im Weg. Wohlgemerkt, die falschen Einflüsterungen sind gemeint, und nicht die Eltern selbst. Es ist ja normal, dass wir als Kinder in einer Gesellschaft erzogen werden. Wir lernen ein Regelwerk kennen und uns darin bewegen. Aber wir lernen auch, dass manche Eigenschaften von uns erwünscht sind, und dass andere Eigenschaften unerwünscht sind. Und so beginnen wir uns mehr nach dem zu richten, was Mutter und Vater uns sagen und von uns wünschen, als dass wir so sind, wie wir sein sollten. Ein zentraler Satz für mich aus diesen Tagen ist der Satz: Du sollst schön lieb sein. Es ist ja nicht falsch, lieb zu sein, aber wenn das ein Lebensmotto wird, dann wird es gefährlich. Dann entwickeln sich die Menschen, die am liebsten die Welt retten wollten. Aber das ist nicht gemeint. Wir sollten eine gute Spannung aufbauen zwischen dem, was unser Leben betrifft, und dem was das Leben anderer betrifft. Eine zentrale Frage für mich bei vielen Dingen ist: Wer sagt eigentlich, dass ich das so tun muss? Was spüre ich dabei? Und dann zunehmend den Mut haben, das wirklich zu tun, was ich spüre und will. Zum Beispiel ist ein häufiges Thema der Auseinandersetzung in meiner Praxis dies, dass meistens Frauen zu mir kommen, deren Mutter oder Vater pflegebedürftig wird und die nun von ihr erwarten, dass sie folgsam wie ein Kind alles das tut, was diese von ihr wollen. Natürlich werden sie pflegebedürftig und natürlich ist man als Kind auch folgerichtig mehr gefordert, hier mitzuschauen. Aber manchmal trägt das auch bizarre Züge, wenn die Eltern zum Beispiel Hilfen ablehnen, weil das gefälligst die Tochter zu tun hat, die quasi schon auf dem Zahnfleisch kriecht. Das ist keine Interaktion zwischen erwachsenen Menschen, sondern zwischen Mutter/Vater und Tochter. Hier hat die Tochter als Tochter offenbar das Beziehungsgefüge zu ihren Eltern noch nicht abgelegt und kann ihnen nicht auf Augenhöhe begegnen. Auf Augenhöhe hieße, in Auseinandersetzung mit der Situation zu einem angemessenen Ergebnis kommen, an dem beide in gleicher Weise mitarbeiten. Die Verantwortung dort lassen, wo sie hingehört, nämlich in manchen Aspekten bei den Eltern, die auch verantwortlich sind für ihre Situation und im Grunde auch Zeit hatten, sich vorbeugend auf die Situation einzustellen, in der sie Hilfe brauchen. Und, eine gewachsene gute Beziehung in der Familie wird immer Lösungen möglich machen, in zunehmendem Maße jedoch auch mit professioneller Hilfe, sei es in der Hausarztpraxis, im Kontext mit Altenberatung und den bekannten anderen Organisationen. Da hilft es auch nicht, auf andere Kulturen zu zeigen wie zum Beispiel in der arabischen Welt, wo die Familie eine deutlich größere Rolle spielt. Aber, die Familie ist ja dort auch wirklich nötig, um einen einzelnen aufzufangen, denn es gibt kein Solidarsystem. Dasselbe ist auch in der anderen Richtung zu bedenken. Kinder, die nicht lernen, Verantwortung zu übernehmen, die nur eine geringe Frustrationstoleranz haben, werden schnell „pathologisch" dominant. Häufig aus Gefühlen der „Schuld" der Eltern, nicht genug Zeit für die Kinder zu haben (sei es als Alleinerziehende oder Eltern, die zeitlich stark eingeengt sind). Lukas 18,28: Da sagte Petrus: „Du weißt, wir haben unser Eigentum verlassen und sind dir nachgefolgt". Jesus antwortete ihnen: „Amen, ich sage euch: Jeder, der um des Reiches Gottes willen Haus oder Frau, Brüder, Eltern oder Kinder verlassen hat, wird dafür schon in dieser Zeit das Vielfache erhalten und in der kommenden Welt das ewige Leben". Ein deutlicher Ausspruch von Jesus. Hier ist jetzt die Frage, was ist das Reich Gottes? Zunächst einmal kann man sehr deutlich sagen, es hat nichts mit dem Althergebrachten zu tun. Das was in der Familie, in den Regeln der Gesellschaft angelegt ist, ist nicht das, was zum Reich Gottes führt. Es ist offensichtlich das Aufbrechen dieser Strukturen, das neue Hinschauen, das was Laotse mit dem Nichthandeln meint. Um es von dieser Seite auch noch einmal mit zu beleuchten:

> Wer das Lernen übt, vermehrt täglich.
> Wer den Sinn übt, vermindert täglich.
> Er vermindert und vermindert,
> bis er schließlich ankommt beim Nichtsmachen.
> Beim Nichtsmachen bleibt nichts ungemacht.

Wiederum, Nichtsmachen heißt nicht, dass daraus eine Untätigkeit folgt, sondern nur das geschieht, was einem aus einem inneren Grunde zugetragen wird. Das ist die Verbindung zu seinem eigenen Seelengrunde, aus dem das Unaussprechliche spricht. Das ist die Offenheit, Lebendigkeit, die uns in neue Welten trägt, in denen wir von dieser Kraft, die uns hat aufbrechen lassen, getragen werden.

Das ist jetzt kein frommer Spruch, ich kann es so sagen, weil ich es genau so erfahren habe. Und wenn ich manchmal zurückblicke, dann bin ich erstaunt, wie sinnvoll und harmonisch sich dieser Aufbruch eingefügt hat in andere Welten von anderen Menschen. Letztlich heißt es, das was in uns arbeitet, was aus uns herausquillt, wo es immer auch herkommen mag, so auch zu tun. Dann sind wir authentisch. Und erst dann kann ich auch wirklich Verantwortung für das übernehmen was ich getan habe, denn es kam ursprünglich aus und von mir. Wie kann ich denn Verantwortung übernehmen für etwas, was andere mir gesagt haben, was ich tun soll? Wir sind ja hier nicht beim Militär. Und damit komme ich zu einem wesentlichen Punkt dieses Büchleins, damit ist man auch in vielen Dingen gesundheitlich gut aufgestellt.

Einheit

In der Konsequenz aus dem, was ich im Kapitel Einheit geschrieben habe, verstehe ich immer mehr, dass alle Dinge miteinander verbunden sind. Denn sie sind ja aus einem Stoff gewebt. Wenn ich das zunehmend begreife, dann fällt es mir nicht schwer, anderen Menschen zu begegnen, da ich ja weiß, dass sie als Menschen genauso gestrickt sind wie ich. Und eigentlich verschwimmen dann auch die Grenzen zwischen dem, was ich besitze und dem was andere haben. Wenn ich Kraft habe, anderen zu helfen, wenn ich Möglichkeiten habe (zum Beispiel auch Geld), anderen Menschen unter die Arme zu greifen, vorausgesetzt, ich fühle es als für mich stimmig an, dann sollte ich es tun. Und es ist wohl auch wahr, dass unter Armen und einfachen Menschen dieses Mitgefühl mehr ausgeprägt ist. Markus, 12,42: Da kam auch eine arme Witwe und warf zwei kleine Münzen hinein. Jesus rief seine Jünger zu sich und sagt: „Amen, ich sage euch: Diese arme Witwe hat mehr in einen Opferkasten hineingeworfen als alle anderen. Denn sie alle gaben nur etwas von ihrem Überfluss diese Frau aber, die kaum das Nötigste zum Leben hatte, gab alles, was sie besaß, ihren ganzen Lebensunterhalt".

Laotse

Des Himmels SINN, wie gleicht er dem Bogenspanner!
Das Hohe drückt entweder, das Tiefe erhöht er.
Was zuviel hat, verringert er, was nicht genug hat, ergänzt er.
Des Himmels Sinn ist es, was zu viel hat, zu verringern, was nicht
genug hat, zu ergänzen.
Des Menschen Sinn ist nicht also.
Er verringert, was nicht genug hat, um es darzubringen dem, dass
zu viel hat.
Wer ist imstande, dass, was er zu viel hat, der Welt darzubringen?
Nur der, so den Sinn hat.

Es ist gemeint, sich frei zu machen. Das tun, was das Herz mir sagt. Immer mehr lernen, auf das Herz zu hören. Auch da gehen wir sicherlich noch einige Umwege, aber das ist ja auch in Ordnung.

Wenn ich die Welt zunehmend als Einheit begreife, dann hat das enorme Konsequenzen. Auch das Finanzamt ist ein Teil von mir. Warum sollte ich es austricksen? Ich lebe nun mal in dieser Gesellschaft mit all ihren Vor- und Nachteilen, aber solange ich nicht erkennen kann, dass Gesetze gegen grundlegende Menschenrechte verstoßen, sollte ich dem zustimmen. Auch hat der Einheitsgedanke zur Folge, dass wir uns alle in einem Netzwerk des Lebens befinden, in dem es Zeiten gibt, in den in denen wir Hilfe geben können, und Zeiten, in denen wir Hilfe brauchen.

Aussöhnung

Da tut es gut, über besondere Formen der Wiederaufnahme von Beziehungen/Liebe zu sprechen. Die primäre Liebe erfahren wir als Kinder von unseren Eltern. Es ist wohl auch eine Liebe, die besonders beim Kind essenziell ist, dass sie verbunden ist mit Überlebensnotwendigkeit. (Steiner). Im Verlauf der Entwicklung über die Pubertät kommt es zu einer Abgrenzung von den Eltern. Die ist notwendig. Eine Ablösung von den Eltern geht manchmal über die Grenzen hinaus, die viel mit Verletzungen einhergeht. In der Erkenntnis, dass wir bewusst/unbewusst/emotional immer Kind unserer Eltern sein werden, ist es gut, sogar notwendig, zu einer reifen Aussöhnung mit den Eltern zu kommen. Reif heißt vielleicht das, dass ich zu einer Achtung/Liebe zu meinen Eltern zurück finde, ohne natürlich zu allem Ja und Amen zu sagen, sondern in einem Austausch auf Augenhöhe zu kommen. George Bernhard Shaw drückt das so aus: Erwachsensein ist: Eine eigene Meinung zu haben, diese auch beizubehalten, wenn die Eltern die gleiche Meinung haben sollten. In dem System Familie haben wir die nächste und intimste Beziehung zu anderen Menschen. Ungerechtigkeiten, Fehler, traumatische Erlebnisse werden hier verarbeitet, reguliert. Besonders Kinder mit Allmachtsfantasien und hohem Gerechtigkeitsempfinden greifen ein und übernehmen manchmal Hypotheken von anderen Familienmitgliedern. Dies kann durchaus über Generationen hinweg gehen. (Steiner, Hellinger). So manche seelische Störungen, die manchmal das ganze Leben wie einen roten Faden durchziehen, erklären sich auf diesem Hintergrund. Wenn die Störung stark genug ist, ist es vielleicht einmal Zeit, endlich mit diesen Altlasten aufzuhören. Eine gute Möglichkeit, besonders in Familiensystemen die Verbindungen aufzuklären, ist die Aufstellungsarbeit nach Hellinger. Wie oft habe ich in eigener Angelegenheit hier Aufschluss und Heilung erfahren. Wenn ich zunächst vom wichtigsten System, der Familie, ausgegangen bin, so betrifft das im Weiteren auch nähere und weitere Mitmenschen. Seelische Verletzungen, die hier passieren, sollten irgendwann versöhnt werden. Das ist manchmal ziemlich schwer, wenn sich aus solchen Verletzungen auch dramatische Konsequenzen im eigenen oder anderen Leben ergeben haben. Und trotzdem, wenn die Einsicht klar gekommen ist, dann sollte es trotzdem unternommen werden, in dem Maße wie es geht. Kleiner persönlicher Exkurs. In einem Film über die Nachkriegszeit über Wilhelm Furtwängler gab es eine Stelle, die mir aus einem nicht erklärlichen Grund die Tränen in die Augen trieb. Als mir diese Stelle in einer Zeit, in der ich mich in die Wüste Gobi zurückgezogen hatte, nochmals vor Augen kam, ließ ich mich in schamanischer Technik in die Bildhaftigkeit dieses Ereignisses treiben und sah mich als SS Hauptmann, wie ich Juden zum Tode verurteilte. Wie es auch immer zu verstehen ist, ich weinte bitterlich und bat um Verzeihung. In mehrfacher Hinsicht habe ich mich intensiv mit dieser Zeit auseinandergesetzt, da auch meine Eltern viel aus dieser Zeit erzählt haben (beide mussten aus Schlesien fliehen). Es ist immer gut, mit Menschen, die noch leben, irgendwann einmal ein erlösendes Gespräch zu führen. Wenn Menschen schon gestorben sind oder sie nicht erreichbar sind, um mit ihnen zu kommunizieren, kann man entweder am Grab oder an besonderen Orten mit ihnen reden, wie es aus dem Herzen fließt. Und manchmal sind das auch Prozesse, die über längere Zeit gehen. Außerdem braucht es die klare Erkenntnis/Echtheit der eigenen Position, um diesen Schritt zu gehen. Sehr berührend ist die Geschichte einer Patientin, die keinen Kontakt zu ihrer Tochter hatte und darunter sehr litt. Erst durch Arbeit an ihrer eigenen Position (seelisches Aufräumen) war es dann eines Tages so weit, dass sich die Tochter von selbst meldete. Sie hatte offensichtlich über den Äther gespürt, dass sich bei der Mutter etwas Entscheidendes geändert hatte, und das machte den Zugang möglich. Auch hier bestätigt sich wieder das Prinzip der Resonanz. Nicht umsonst spielt die Vergebung/Verzeihung in unserer christlichen Religion eine herausragende Rolle. Auf einer höheren Ebene wird das, was wir nicht immer angemessen tun, verziehen. Auch hier ein kleiner Exkurs: Zunächst einmal glaube ich, dass alles was passiert, angemessen ist und einen Grund hat. Das habe ich oben schon diskutiert. Insofern ist es schwierig, von Schuld zu sprechen, wenn ich doch etwas Angemessenes getan habe. Dennoch ist es in der Tragik der Geschehnisse oft wichtig, trotzdem ein erlösendes Wort zu sprechen. (Der Film von Endemann: Flug in die Katastrophe, der Flug von Überlingen, macht dieses zum Thema. Dem Schweizer Fluglotsen, durch den das Unglück im Wesentlichen ausgelöst wurde, wird quasi versicherungsrechtlich untersagt, jegliche Schuld anzuerkennen. Das versöhnliche Wort muss ausbleiben. Das führt letztendlich zu einem mörderischen Ende). Insgesamt handelt es sich hier um ein sehr schwieriges Thema, aber wenn es um Heil/Heilung geht, dann ist dies ein wichtiger Punkt.

Präsent sein

Hier nochmal etwas anders beschrieben als es oben schon einmal ausgedrückt wurde: Wenn wir wirklich leben, im Hier und Jetzt, ist es notwendig, auch den erlebten Augenblick zu fühlen. Im Rhythmus der Dinge, die zu tun sind, von der Arbeit, von den Aufgaben, mit der Befriedigung, es hinterher geschafft zu haben, die Nahrungsaufnahme bis zum Spiel hat alles seinen Platz und muss gewürdigt werden. Insofern ist es schon dramatisch, wenn es manchen Menschen nicht möglich ist/verwehrt ist, am Arbeitsleben teilzunehmen. Ihnen entgeht die Befriedigung, etwas geleistet, etwas Sinnvolles getan zu haben. Und das ist nicht zu unterschätzen. Immer das sollte am wichtigsten sein, was ich gerade vor mir habe. Die kleinen Dinge, der tägliche Kram ist genauso mit Hingabe zu tun. Und ist nicht auch das eine Befriedigung, wenn die Küche sauber ist, das Zimmer aufgeräumt, der Knopf angenäht ist? Johann Sebastian Bach hat in seinen Goldberg-Variationen, eine berühmte feingliedrige Komposition, auf dem Höhepunkt in seiner 30., letzten Variation 2 Volkslieder eingearbeitet. Das Banale, das Tägliche wird so in den Kanon aufgenommen und „gesegnet". Auch wenn das manchmal schwer ist. Eine eigene Extremsituation: Ich habe mal sage und schreibe eineinhalb Stunden Zeit gebraucht, um einen Fahrradständer vom Rahmen zu lösen. Verrostet. Immer wieder habe ich fast aufgegeben, und dann fiel mir wieder eine neue Möglichkeit ein, bis ich letztlich den Ständer in meiner Hand hatte. Wirtschaftlich eigentlich unsinnig, aber für mich war es ein ungeheuer befriedigendes Gefühl. Ich hatte gesiegt. Aber, ich war während der Arbeit wahrhaftig kein liebes Kind. Ich habe immer wieder geflucht, hatte zeitweise Wut im Bauch und hätte manchmal am liebsten das ganze Rad auf den Müll geworfen. Auch das ist Präsenz, wenn ich mich mal auskotze, wenn mir danach ist. Auch hier ist die Spannung zwischen Erde und Himmel: das Kleine beachten, tun – oder in die Freiheit des Himmels zu gehen und den täglichen Kram zu verlassen. Viele Menschen flüchten viel in andere Welten

(Vergangenheit, Spielfilme/Fernsehen, Zukunftsschwärmerei), aber das ist nicht das eigene gelebte Leben. Die Medienkultur erfasst immer mehr unsere Zeit. Das chatten am Smartphone lässt nur noch wenig größere Konzentrationsbögen zu, denn sie werden dauernd unterbrochen. Ist es da ein Wunder, dass viele Menschen, besonders Kinder, von einer Unruhe erfasst werden? Der Geist braucht Ruhe, um sich auszubilden, um konzentriert zu sein, um sich abzusenken.

Über vielem Gesagten hat man den Eindruck, dass man bestimmte Regeln, bestimmte Therapien, bestimmte Verhaltensweisen einhalten muss, und dann wird man heil. Aber ich glaube, dass das Entscheidende nicht machbar ist. Natürlich müssen wir den Acker bestellen. Das ist regelmäßige Reflexion, regelmäßige Einkehr, gegebenenfalls Inanspruchnahme von Therapie/Seelenbegleitung. Und oft geht es nicht anders, als dass wir uns den Gegebenheiten unseres Lebens stellen, und zum Beispiel unregulierte Symptome/ Beschwerden/Schmerzen/Gefühle als Teil unseres Lebens betrachten und versuchen, ihre Sprache zu verstehen. In dem Bewusstsein, dass das Meiste in unserem Leben irrational ist, und ich auch spüre, dass Liebe das Leben begleitet, bin ich oft froh und dankbar, dass mir viel Gesundheit/Glück geschenkt ist.

Goethe hat diesen Aspekt der Präsenz sehr schön auf den Punkt gebracht: Aufmerksamkeit ist das Leben. .... Denn das ist eben die Eigenschaft der wahren Aufmerksamkeit, dass sie im Augenblick das Nichts zu Allem macht (Wanderjahre I,2).

Barmherzigkeit

Die Haltung der Barmherzigkeit hat viel mit Aussöhung/Liebe zu tun. Wenn ich einmal verstanden habe, auf wie dünnem Eis meine Standpunkte/Handlungen manchmal sind, und wie ich bewusst/unbewusst meine Mitmenschen verletzt habe, so ist es manchmal gut, dass diese mit mir barmherzig sind. Und, viele Menschen können gar nicht in diesen Kategorien denken, weil sie es in ihrem Leben selten erlebt haben. Erst durch erlebte Liebe/Barmherzigkeit können sie offen werden für diesen Strom.

Außerdem, allein theoretisch weiß ich, wie ich im Rahmen unseres Lebens schuldig werde an Menschen und Natur. Die Bedingungen vieler Menschen, die z.B. Textilien für uns herstellen, besonders in Asien, sind desaströs. Unsere Form des Kapitalismus (Geld regiert die Welt), sind einfach zerstörend. Der Wohlstand eines kleinen Teils der Menschheit gründet auf Ausbeutung von Mensch und Natur. Und da kann sich keiner heraushalten. Das soll uns nicht abhalten, durch neue Erkenntnisse auch neue Akzente in unserem Leben zu setzen.

WAHRHEIT

I Ging: Hexagramm die Sippe: So hat der Edle in seinen Worten die Sache.

Worte können nur dann eine Kraft haben, wenn sie auf etwas Wirklichem beruhen. Nur wenn die Worte sachlich sind, sich auf bestimmte Verhältnisse klar beziehen, haben sie Einfluss.

Johannes 8,32: Die Wahrheit wird euch frei machen.

Ist es nicht schon seltsam, dass in diesem Büchlein ein ganzes Kapitel der Wahrheit gewidmet wird? Nein, ich finde es nicht seltsam. Im Gegenteil, es ist ein essenzieller Bestandteil dessen, was ich als heilsam erachte. Wie schon im Kapitel chinesische Medizin beschrieben, geht es ja im Rad der Wandlungsphasen darum, dass Bewegungen im Körper fließen. Und entsprechend, dass Bewegungen im Geiste auch fließen. Es ist durchaus normal, dass das nie vollständig passiert, es wird immer wieder zu Störungen/Blockierungen kommt. Immer werde ich versuchen, im eigenen Interesse die Sachverhalte so verändert darzustellen, dass ich immer der Gute bin, dass ich der Beste bin, dass ich alles gut gemacht habe. Das spielt sich durchaus in Nuancen ab. Bis zu einem gewissen Grad ist ja vieles tolerabel und angemessen. Wenn es um Beziehungen geht, dann kann solch ein Verhalten durchaus brenzlig werden. Es ist doch gerade das Vertrauen in die richtige Sachauskunft des Anderen gegenüber, die eine gute Beziehung gestaltet. Wird etwas verheimlicht, kann das bedrücken, kann das Symptome machen. Aber eigentlich wissen wir, dass, wenn wir praktisch gelernt haben, dass, wenn wir genau hören, wir immer spüren, ob jemand zu uns etwas Wahres oder Unwahres sagt. (Siehe Kapitel Energetik). Und es macht die Interaktionen kompliziert. Wenn etwas zurückgehalten wird entsteht quasi so etwas wie eine Blockierung. Und dasselbe gilt auch wie wir mit unseren Emotionen umgehen. Wenn wir kein Ventil finden, mal wirklich so zu sein wie wir uns fühlen, dann blockieren wir uns selbst, mit den möglichen Folgen von zum Beispiel Druck, Schmerzen, Geschwülsten. Bis dahin kann es gehen, dass solche Verleugnungen/Lügen zerstörerisch im eigenen Leben wirken. Vordergründig kann man viel gewinnen, z.B. materielle Vorteile.

Wahrheit ist vielleicht auch ein Phänomen, dem wir uns immer wohl auch nur annähern können. Eigene Schwingungen, eigene Muster führen immer zu einer gewissen Verfälschung der Wahrnehmung, der Sache. Goethe beschreibt, dass eine Bedingung der „glücklichen Vernunft ist", dass man sich aller Prätention (Hochmut, Einbildung) entledigen muss, um alle Dinge so zu sehen und zu lesen, wie sie sind. „Ich dagegen habe die Maxime ergriffen, mich so viel als möglich zu verleugnen und das Objekt so rein, als nur zu tun wäre, in mich aufzunehmen (19) Wie schwierig es mit der Wahrheit ist, zeigt auch ein Satz von Laotse:

> „Wahre Worte sind nicht schön
> Schöne Worte sind nicht wahr".

Und sich dann dem zu stellen, was wahrhaftig an Bewegungen in einem selbst laufen, ist dann auch nicht einfach und eben nicht schön. Nämlich auch zu akzeptieren, dass wir genauso wie andere manchmal erfüllt sind von Angst, Neid, Minderwertigkeitsgefühlen usw., die unsere Sprache, unsere Sinne mit lenken. Durch fortwährende Übungen, sich dem immer wieder zu stellen, durch aufmerksames Hinhören/Hinschauen in zunehmende Ehrlichkeit zu kommen werden wir im Eigentlichen immer menschlicher.

Sprechen wir mal ganz praktisch von unserem Gesundheitswesen. Zunächst einmal: Für Leistungen jeglicher Art wird ein Honorar gezahlt. Weiter: Wir arbeiten in einem Versicherungssystem. In diesem Versicherungssystem werden entsprechende Beträge ausgehandelt. Um es nur ganz kurz anzureißen, es ist ein ungeheuer komplizierter Apparat geworden. Ich spreche nur von mir. Ich habe Veranstaltungen besucht, um die Abrechnungspraxis besser zu verstehen, und damit natürlich auch verbunden, das System so zu nutzen, dass das Honorar auch gut wird. Mit diesem Hintergrund wird schnell klar, dass Angebote von Ärzten auch dadurch zu verstehen sind, dass Verträge der Krankenkassen mit den Ärzten diese für bestimmte Aktionen finanziell belohnen. Und da wir zumindest im Bereich der gesetzlichen Kassen ein anonymes Abrechnungssystem führen, kann man sich gut vorstellen, dass etliche Abrechnungsziffern nicht immer „legal" eingetragen werden, sondern „upgegradet" werden. Im Verlauf der Honorarentwicklung

Wahrheit

ist es wohl so, dass so manche Praxis mit dem nur von der Kasse abgerechneten Honorar sehr knapp über die Runden kommt, und was bleibt dann noch? Leistungen anbieten, die außerhalb dieses Budgets liegen, sog. Privat- oder IGEL-Leistungen. Und das ist quasi ein Marktplatz mit teilweise fragwürdigen Methoden. Dieses System wird von manchen Leistungserbringern recht aggressiv beworben. Auf der anderen Seite sind die Leistungen der Krankenkasse im Laufe der Jahre, was zum Beispiel den Gesundheitscheckup betrifft, gekürzt worden. Hier gehören zum Beispiel neben einer vollständigen körperlichen Untersuchung lediglich eine Laboruntersuchung mit Glukose und Gesamtcholesterin und eine Urinuntersuchung dazu. Ich möchte nun nicht die Sinnhaftigkeit der Maßnahmen diskutieren. Aber ich habe mich mal geschämt, als ein Patient nach einer solchen Untersuchung drei Monate später vom Urologen zurück kam mit der Verdachtsdiagnose einer Leukämie, die dieser im Blutbild gesehen hat. Was ich insgesamt damit sagen möchte: Gerade im Bereich von Gesundheit und Krankheit ist es wichtig, dass das Vertrauen von Menschen/Patienten nicht missbraucht werden sollte für das eigene Geschäft. Natürlich ist es auch ein Geschäft, aber es sollte maßvoll sein und angemessen gegenüber dem Wunsch des Patienten, guten Rat und gute Behandlung zu bekommen. Oft wird mit der Angst der Patienten gespielt, um manchmal auch eine Patientenbindung aufrechterhalten, die eigentlich lächerlich ist. Und oft habe ich das Gefühl, dass solche vielen Routinekontrollen besonders die Facharztpraxen verstopfen, so dass Patienten mit akuten Erkrankungen oft lange Wartezeiten haben. Aber, die Chipkarte einmal eingelesen bringt einen Fallwert mehr. Viele Leistungen werden, besonders im hausärztlichen Bereich, im Quartal als Pauschale abgerechnet. Ein anderer Aspekt sind sicherlich auch verwaltungstechnische Vorgaben, die manchmal unbefriedigend und zeitraubend sind. Wirklich und wahrhaftig seine Aufgaben erfüllen heißt, auch manchmal unwirtschaftlich handeln müssen. Mehr Zeit brauchen, weil es gerade notwendig ist, Laboruntersuchungen durchführen, obwohl sie innerhalb des Budgets nicht bezahlt werden, Hausbesuche für kleines Geld fahren, und manchmal dadurch auch verhindern, dass ein unnötiger kostenträchtiger Krankenhausaufenthalt ausgelöst wird, weil es nicht anders geht. Aber, wenn Patienten spüren, dass sie in einer Praxis gut aufgehoben sind, eben wahrhaftige und gute Behandlung bekommen, dann bleiben sie auch. Und was ist ein schönerer Ruf, als dass Patienten dies weiter sagen. Und am Ende kommt dann doch ein wirtschaftlich gutes Unternehmen zustande, auf jeden Fall ein zufriedenstellendes, denn was ist schöner, als Anerkennung für eine gute Arbeit zu bekommen.

Ein bekanntes Beispiel in einem Film hat die Wahrheit als zentrales Thema. In dem Film „Flight" geht es um den alkoholabhängigen Kapitän eines Flugzeuges, der zwar durch ein riskantes Manöver ein abstürzendes Flugzeug doch noch einigermaßen heil auf den Boden bringt, in den nachfolgenden Verhandlungen jedoch seine Alkoholabhängigkeit bestreitet. Diese wird massiv von seiner

Gesellschaft gedeckt. Er ist getrennt von seiner Frau und hat kein gutes Verhältnis zu seinem Kind. Erst in der finalen Verhandlung, als er eine verstorbene Mitarbeiterin belasten müsste, die er sehr geschätzt hat, platzt es aus ihm heraus, und er gesteht seine Alkoholabhängigkeit. Im Gefängnis, diese Strafe wird ihm für einige Zeit zugemessen, sagt er den Satz: „Nie habe ich mich so frei gefühlt wie hier im Gefängnis". Es ist eine Kehrtwende in seinem Leben, die Beziehung zu seinem Sohn, seiner Frau verändert sich positiv. Das hat mich sehr berührt.

Wahrhaftig leben hat zu tun mit Authentizität. Den Bewegungen nachgehen, die im Inneren sind, sie leben, sie nicht verheimlichen. Mit dem Risiko, dass Aufrichtigkeit auch manchmal anecken kann. Aber das Entscheidende ist, dass wenn die Bewegungen gelebt werden, kommt es nicht zu Blockierungen, zu keinem Stau, in dieser Freiheit des Flusses entsprechend auch nicht zu Knoten, Verspannungen, Geschwülsten. Es ist selbstredend, dass die Dinge in unserem Leben nicht immer so klar liegen. Und dann braucht es manchmal auch Zeit, bis etwas klar geworden ist, und man dann auch entsprechend handeln kann. Um diese Klarheit gilt es auch sich zu bemühen. Ein eigenes Beispiel: „Eigentlich" von Anfang an nicht gerade begeistert, habe ich 1979 den Grundwehrdienst angetreten. Damals in der Vorstellung, ich würde ja nur Musik machen (ich war für das Heeresmusikkorps in Regensburg vorgesehen) und in der Grundausbildung als Sanitäter ja auch nur positiv arbeiten, erschrak ich, als wir zu Übungen am Gewehr zitiert wurden. Das hatte ich nicht gewollt/gedacht (aus heutiger Sicht natürlich ziemlich naiv). Die sehr schöne Zeit in Regensburg mit viel Musik, wenig Militär hat mich trotzdem nicht wirklich losgelassen von der eigentlichen Problematik. Auch im Studium wurde durch den wiederkehrenden Kontakt mit dem Militär die Angelegenheit immer wieder unangenehm hochgespült. Natürlich sah ich mir andere Gründe zur Wehrdienstverweigerung an, diskutierte mit Studienkollegen/Freunden. Eines Abends verspürte ich den Impuls: Ich will jetzt eine Entscheidung. Ich setzte mich an die Schreibmaschine und ließ meinen Fingern freien Lauf. 4 DIN A 4 Seiten eng beschrieben lieferten in den letzten Sätzen die klare Formulierung, dass ich verweigern muss. Und damit stand im Wesentlichen meine eigene Begründung (und nicht die von irgendjemand Anderem). Damit waren die Würfel gefallen. Und trotz Nichtanerkennung im ersten Verfahren war für mich klar, dass ich weiter machen muss und sogar Strafe (Bau) akzeptiert hätte. Und damals war es für Verweigerer ziemlich schwer. Immerhin, ein Entscheidungsprozeß, der sich über 2 Jahre hingezogen hat. Und ein guter weiterer Effekt, ich wurde mir über meine Haltung gegenüber manch anderen Dingen klarer. So erleben wir häufig die Prozesshaftigkeit unseres Lebens, in dem am Anfang einer Entwicklung erst eine Idee steht, die sich immer mehr verdichtet, bis eine Klarheit entsteht über die nächsten Schritte usw. Und das Leben ist dauernd voll davon.

SCHLUSSWORT
ODER DER SCHAMANE
DER BERUFENE

Ausgehend von Befindlichkeitsstörungen, Symptomen, Erkrankungen habe ich versucht, über den Weg der Einheit von Geist und Materie aufzuzeigen, dass alle Dinge, die mich betreffen, zu mir sprechen. Was im Äußeren passiert, ist ein Spiegel dessen, wie es im Inneren ist. Wenn die Regulation versagt, dann gilt es, die Störung ausfindig zu machen. Und Störungen erscheinen an und in mir als hoher Blutdruck, Ekzem, Warze, Durchfall, Tumor usw. Und die haben immer mit Dingen in meinem Leben zu tun. Das ist nicht immer leicht herauszufinden. Die Tiefen unseres Unterbewusstseins, des Geistes, der Seele sind wohl unendlich. Und was hier mal eine wichtige Prägung hinterlassen hat, kann auch nach langer Zeit wieder in meinem Leben auftauchen. Und wenn es dann auftaucht, dann geht es darum, sich damit auseinanderzusetzen. Wir können nicht anders, als uns mit diesen Dingen auseinanderzusetzen, mit denen wir konfrontiert werden. Und ich glaube, dass wir dabei keine Angst haben müssen. Genauso wie wir eine Harmonie/Ordnung im Äußeren erleben, so bin ich überzeugt, entsprechend der Einheit, dass diese Ordnung auch im Geistigen besteht. Und ich gehe noch einen Schritt weiter. Es ist nicht nur Ordnung. Es ist Liebe, die alles durchströmt. Aufgewachsen in christlicher Tradition, mit 19 Jahren zum ersten Mal konkrete Erlebnisse in der Kommunikation mit „Gott", und in der Auseinandersetzung mit der chinesischen Gedankenwelt (Laotse, I Ging) erfahrend, dass diese Ansichten auch schon dort präzise niedergelegt sind, bin ich immer mehr erstaunt und glücklich, in diesem Mysterium des Lebens aufgehoben zu sein.

Schlusswort oder der Schamane, der Berufene

In dem Bewusstsein, dass das Große im Kleinen und das Viele im Wenigen ist, achte ich heute mehr als früher darauf, was auch im Kleinen passiert. Und manchmal scheint es wirklich banal zu sein. Und so nebenbei heißt das auch: Was wir im Kleinen machen, ist nicht sinnlos. Es hat genauso seinen Platz. Laotse dreht es sogar um. Der Berufene tut keine großen Werke, aber so kann er seine großen Werke vollenden. Aber das kann auch großes Glück bedeuten. Goethe beschreibt es knapp:

Märkte reizen auf,
und das Wissen blähet auf.
Doch wer im Stillen um sich schaut,
Lernet, wie die Lieb´ erbaut.

Ein Ereignis, das mir doch besonders im Kopf hängen geblieben ist, will ich gerne schildern. Ich absolviere meine Hausbesuche mit dem Fahrrad. Als ich einmal nach einem langen Tag auf dem Weg zum Nachbarort war, ging es mir nicht gut und in mir entwickelte sich ein Gefühl, dass Obst jetzt genau richtig für mich wäre, aber ich hatte keins. Als ich bei den Patienten dann ankam, sah ich beim Eintreten in die Wohnung zwei Äpfel auf dem Tisch liegen. Und als dann der Patient zu mir sagte: Doktor, die haben wir Ihnen von unserem Garten gepflückt, da überkam mich ein großes Glücksgefühl. Auf der Etappe zu dem nächsten Patient habe ich dann auch vor Glück geweint. Indem ich immer sensibler werde für solche Momente, und erfahre, dass ich in Liebe versorgt werde, verliere ich auch immer mehr Angst vor Unwägbarkeiten der Zukunft. Und d.h. auch, frei werden für die Bewegungen/Impulse, die in mir sind.

In der Beschreibung eines Berufenen/Schamanen wird idealtypisch dargestellt, an welchen Verhaltensweisen wir uns orientieren können. Der Berufene/Schamane ist sich selbst treu. Er sagt was er denkt und tut es auch. Er spürt, wenn eine Zeit nicht reif ist, und wartet dann. Ist die Zeit reif, wird gehandelt. Er nimmt wahr, wann „die Dinge" sich melden, und die Arbeit beginnen muss (Frau Holle). Insofern ist die Haltung von ihm die eines Dienenden. Er folgt dem nach, wie das Dao/Gott es tut, es dient allen Dingen und ernährt sie. So wie Jesus gesagt hat und beschrieben wurde, so schreibt auch Laotse:

> Wer den Schmutz des Reiches auf sich nimmt
> der ist der Herr über die Ahnenfeuer
> wer das Unglück des Reiches auf sich nimmt
> der ist der Herr der Welt.
> Die Wahrheit ist wie umgekehrt.

Der Schamane/der Berufene braucht nicht viel. Denn im Wissen um die Einheit weiß er auch, dass er das richtige Werkzeug zur richtigen Zeit bekommen wird (Harry Potter). Er braucht kein großes Konto, mit einfachen nährenden Mahlzeiten ist er zufrieden und glücklich, er braucht keine außergewöhnlichen teuren Lebensmittel. Insofern ist er, wie wir es

Schlusswort oder der Schamane, der Berufene

heute nennen würden, ziemlich ökologisch ausgerichtet. Denn er liebt die Natur/Schöpfung. Er ist mit ihr verbunden, und versucht deshalb, möglichst wenig Ressourcen aus ihr zu verbrauchen (der Computer wird so lange genutzt, bis er angemessen nicht mehr funktioniert. Er versucht, seine Wege möglichst einfach zurückzulegen (Fahrrad, Zug). Aber wenn es mal im Flugzeug sein muss, dann ist das auch in Ordnung (es gibt kein Dogma). Er will nicht die beste Kleidung zum günstigsten Preis. Denn er schätzt den Verkäufer, der berechtigt auch etwas verdienen will und muss. Also zahlt er gerne einen guten Preis. Er weiß, dass eine Haltung, maximale Zinsen für sein Erspartes zu bekommen, die Aktienmärkte anfeuert, Menschen ausbeutet, die Natur ausraubt. Wenn er Geld übrig hat, gibt er es entweder weg, oder investiert in Investments, mit denen er ethisch im Einklang ist. Es ist ihm nicht wichtig. Laotse:

> Darum geht der Berufene im härenen Gewand
> aber im Busen birgt er ein Juwel.

Aber, was diese Zeilen auch bedeuten: durchaus Leid. Körperlich, und auch seelisch, bis an die Grenze der Belastbarkeit und darüber hinaus, bis an den Tod. Wie viele Menschen waren im 3. Reich in Gewissensnot, haben eine schwere Zeit auf sich genommen, weil sie diese Repressionen und Verfolgung von Menschen nicht mitmachen konnten und haben dabei nicht wenig riskiert. Und so ist es ja auch heute noch. Verfolgung wegen irgendeiner Andersartigkeit. Religion als Instrument und Doktrin ist immer ein Missbrauch. Menschen, die das richtig verstehen, können das nicht mitmachen, und leiden. Aber, sie haben eine transzendente Sicht der Dinge (siehe Goldmarie bei Frau Holle), und das lässt sie das tragen, was sie müssen. Auch, wer den Dingen folgt, die ihm wichtig sind, wird manchmal von Anderen verlacht. Es ist dann schön, wenn wenigsten ein Mensch da ist, der denjenigen mag, wirklich hinhört und zu ihm hält, egal was er tut (Freundschaft ist manchmal, das jemand mich mag, obwohl er weiß, wie ich bin).

Die Bibel und das Taoteking sind voll von Beschreibungen und Empfehlungen, wie wir uns als Berufene verhalten sollten. Und, es ist nicht immer bierernst. Spaß, Freude, Witz garnieren das Leben. Und selbst in todernsten Situationen (palliativmedizinische Behandlungen) gibt es komische und witzige Situationen/Bemerkungen, die einen zum Lachen/ Schmunzeln bringen.

Insofern mündet für mich alles in eine Spiritualität, in der ich das äußere Leben als Mensch mit meinen Macken und Vorlieben nehme, und immer näher an mir mit Mut die Dinge unternehme, die sich richtig anfühlen, und auch das nehme und akzeptiere, was sich mir in den Weg stellt, um „meinen Weg" dann weiter zu suchen.

Ich möchte allen Mut machen, diesen Weg der Befreiung zu probieren. Was immer auch der äußere Anlass ist, über sein Leben nachzudenken, es lohnt sich.

Schlusswort oder der Schamane, der Berufene

Auch im Taoteking steht folgender Satz:

Warum hielten die Alten den Sinn für so wert?

Ist es nicht, dass es von ihm heißt wer suchet, der findet

wer Sünden hat, dem werden sie vergeben

darum ist er das Köstlichste auf Erden.

Und schließen möchte ich dieses Buch mit meinem Lieblingspsalm (121), der aus meiner Sicht alles Relevante umfasst und aussagt:

Ich schaue auf zu den Bergen, woher kommt mir Hilfe?

Hilfe kommt vom Herrn, der Himmel und Erde gemacht hat.

Er, der dich behütet, schläft und schlummert nicht.

Nein, der Hüter Israels schläft und schlummert nicht.

Er lässt deinen Fuß nicht wanken.

Er ist der Schatten zu deiner Rechten, dass dich die Sonne des Tags

nicht steche, noch der Mond des Nachts.

Er behütet dich vor allem Übel, er behütet dein Leben.

Er segnet deinen Eingang und Ausgang, jetzt und immerdar.

BIBLIOGRAPHIE

1 Greten: Kursbuch Traditionelle chinesische Medizin

2 Focks/Hillenbrand: Leitfaden Traditionelle chinesische Medizin

3 Kubiena: chinesische Syndrome verstehen und verwenden

4 Porkert: Die Theoretischen Grundlagen der chinesischen Medizin

5 Schmid: Quantenphysik und Hypnose

6 Hammer: Psychologie & Chinesische Medizin

7 Wilhelm: Laotse, Tao te king

8 Wilhelm: I Ging, Texte und Materialien

9 Li / Krautwald: Donner, Wind und Berg

10 Schmid: Zur Entstehung des Bewusstseins: Hypothese zur Rolle von Gliazellen, verzweigten Nervenenden und Dendritenarmen

11 Schmid: Tod durch Vorstellungskraft

12 Steiner: Die Macht der Familie

13 Rohrbach: Solange ich atme

14 Drewermann/Neuhaus: Frau Holle

15 Chu: The best of Master Tung´s Acupuncture

16 Hawking: Der große Entwurf

17 Philbert: Zur Freiheit berufen

18 Stephen, Harrod, Buhner: Pflanzliche Antibiotika

19 Osten: Gedenke zu Leben, Goethe und das Glück

20 Temelie: Das 5-Elemente-Kochbuch

21 Schneider: Kraftsuppen nach der Chinesischen Heilkunde

22 Engelhardt/Hempen: Chinesische Diätetik

Danksagung

Mein Dank geht an Sabine Krins und Tina Tegethoff für die kritische Durchsicht des Manuskriptes.

In der 2. Auflage danke ich besonders Susanne Lorenz und auch Astrid Steinberg und Antje Schürmanns-Looschelders.

Dank auch an Michael H. Beilmann und Richard Q.H. Beilmann für die Unterstützung bei der Realisierung des Buches.